신화의 전장

dream
books
드림북스

신화의 전장 2

초판 1쇄 인쇄 2018년 5월 24일
초판 1쇄 발행 2018년 6월 4일

지은이 박정수
발행인 오영배
기획 박성인
책임편집 이신옥
일러스트 엑저
디자인 권지연
제작 조하늬

펴낸곳 (주)삼양출판사 · 드림북스
주소 서울시 강북구 도봉로 173
대표 전화 02-980-2112 **팩스** 02-983-0660
편집부 전화 02-980-2116 **팩스** 02-983-8201
블로그 blog.naver.com/dreambookss
출판등록 1999년 3월 11일 제9-00046호

ⓒ 박정수, 2018

ISBN 979-11-283-9405-8 (04810) / 979-11-283-9403-4 (세트)

드림북스는 (주)삼양출판사의 판타지 · 무협 문학 브랜드입니다.

신화의 전장

2

MODERN FANTASY STORY & ADVENTURE

박정수 현대판타지 장편소설

dream books
드림북스

목 차

1장	——	007
2장	——	035
3장	——	063
4장	——	091
5장	——	119
6장	——	145
7장	——	175
8장	——	205
9장	——	233
10장	——	267
11장	——	293
12장	——	327

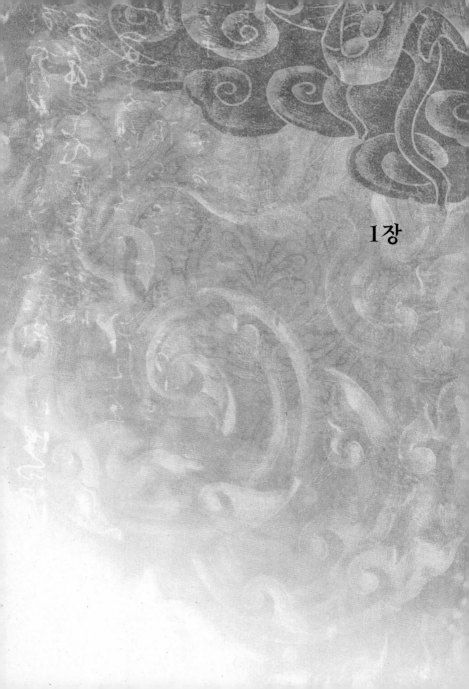

1장

　박현과 박수무당 조완희는 차를 몰고 그의 집으로 향했다.

　"검계에 대해 좀 더 이야기해 줄 수 있나?"

　박현은 조용히 입을 열었다.

　"내가 움직이려면 최소한의 관계는 알아야 하지 않을까?"

　조완희의 시선에 박현은 말을 덧붙였다.

　"음……. 일단 대한민국에는 두 개의 기둥이 있다고 말했었지?"

　"봉황회와 검계."

　"어느 나라나 지역도 매한가지지만 이면의 세계에서 검

계처럼 인간들이 주축이 된 단체는 그 성격이 애매하지."

"애매?"

"쉽게 생각해 봐. 인간이냐, 아니냐."

"인간이라."

"일반인들의 시선으로 보면 나는 초인이지만 인간이지. 봉황회의 영신들은 인간과 완전히 다른 존재이고, 반신은 인간과 섞일 수 있다고 하여도 엄밀히 말하자면 온전한 인간이 아니야. 하지만 우리는 아니지. 인간이지만 하늘과 이어주는 특별한 공부로 인간의 한계를 탈피했을 뿐이지."

조완희는 잠시 뜸을 들인 후 말을 이었다.

"아무리 강한 힘이 있어도 우리는 인간, 인간과 결혼하고 아이를 낳고 후손들을 통해 우리의 힘을 이어나가지."

박현은 조완희의 설명에 고개를 끄덕였다.

"인간이 인간 세상에 살아가는 것이 자연스러운 만큼 검계는 봉황회보다 좀 더 세속적이지. 때로는 적극적으로 끼어들기도 하고. 인간이기에⋯⋯."

"검계는 재벌과 밀접한 관계를 맺고 있겠군."

박현의 질문에 조완희는 고개를 저었다.

"검계는 어떤 일이 있어도 그들과 깊게 관여하지 않아. 다만 검계를 구성하는 가문이나 문파는 다르지. 혼인이든 제자든 어떤 관계라도 그들과 밀접한 관계를 맺고 있어."

"그게 그거 아닌가?"

"다르지."

박현은 좀처럼 이해할 수 없어 고개를 갸웃거렸다.

"검계는 세상일에 끼어들 수 없어."

"원칙인가?"

"원칙이라……, 어쩌면."

조완희의 중얼거림은 더 이해할 수 없게 만들었다.

"검계의 존재 이유. 검계는 봉황회와 평범한 인간들의 완충 혹은 연결고리 역할도 하지만."

조완희의 목소리는 좀 더 다부져졌다.

"가장 큰 이유는 바로 견제이지. 그들이 세상에 나올 수 없도록 하는."

박현은 생각이 많아진 듯 반쯤 눈을 감으며 팔짱을 꼈다.

"반대로 우리가 세상에 나서면 반드시 봉황회도 세상에 나서게 되지. 정확히는 알려지게 된다고 해야 하나? 뭐 그런 거지."

"미묘복잡하군."

이어 쓴 웃음을 지었다.

"그런데 작금은 달라."

"뭐가?"

"인간은 그게 무엇이든 힘을 가지면 다른 이들 위에 서고 싶어 하지. 실제로도 그러하고."

"그렇다면 더더욱 밖으로 나오려고 하지 않나?"

박현의 질문에 조완희는 고개를 저었다.

"세상에 드러난 힘보다 감춰진 힘이 더욱 강하고 무섭지."

"……."

"또, 소수만이 가진 힘. 게다가 원초적인 힘이라면 은밀함은 그 힘을 더더욱 부각시키지. 가지지 못한 자들에게는. 그렇게 특권을 유지해 나가고 있어."

"유쾌한 정보는 아니군."

"뭐 어쨌든 지금부터가 본론이야."

"말해. 잘 듣고 있으니까."

"검계에는 오문(五門)이 있다고 했었지?"

박현은 고개를 끄덕였다.

"무문, 불문(佛門), 검문(劍門), 역발문(力拔門), 농문(農門). 이렇게 다섯 문이야. 내가 속해 있는 무문은 대충 알 테고, 불문은 호국 불교로서 이어져 온 불가 무예이고."

"검문은 대충 알겠고, 다른 문은?"

"역발문의 역발, 역발산기개세(力拔山氣蓋世). 힘은 산을 들어 던질 정도로 세고, 기운은 세상을 덮을 정도로 웅대하다. 수박이나 택견, 씨름 같은 맨손 무예의 가문이나 문파들로 구성되어 있지. 그리고 농문의 '농' 자는 농사 농. 민

초들의 잡뿌리 무예의 후인들이지. 과거에는 낫, 호미 등 농기구가 주무기였고, 지금은 주위에 널린 것들로 무기를 삼지."

"왠지 검계에서 그 오문 중 검문이 가장 영향력이 클 것 같은데."

"맞아. 오문 중에서 엘리트 의식이 강하지. 사실 검이라는 것이 옛날 귀족들의 힘을 대변하는 것이었으니. 과거 대대로 호족이나 양반과 같은 귀족들 출신이고 가문 자체도 지역사회에 뿌리 깊게 박혀 있지. 그렇다 보니 가장 세속적인 가문이기도 해."

"검문이라."

"그냥 그렇다는 거야. 무문이라고 다르겠고, 농문이나 역발문이라고 다르겠나? 뭐 불문은 조금 예외이기는 하지만."

"도긴개긴이라는 건가?"

"뭐 그렇다고 봐도 무방하네."

말을 마친 조완희의 입가에 씁쓸함이 어렸다.

"어찌 보면 검계의 치부인데 이렇게 말해 줘도 되나?"

"누구나 아는 비밀이지."

박현은 그런 조완희의 얼굴을 빤히 쳐다보았다.

"왜?"

"그냥. 아주 나쁜 놈은 아닌 거 같아서."

"헐~ 사람을 뭐로 보고. 나 법 없어도 살아갈 착하디착하고 심성 고운……."

박현의 농인 듯 아닌 말에 조완희의 능글맞은 넉살이 이어졌다.

"내가 잘못했다."

박현은 나직하게 한숨을 내쉬었다.

잠시 후, 박현의 차는 높다란 가림막으로 둘러싸인 박현의 집 앞에 도착했다.

익숙하게 그의 집으로 들어가자 일청파 강두철 부회장과 익숙한 얼굴의 사내 둘이 간이 의자에 앉아 있었다.

"강 사장, 수고하십니다."

"오셨습니까?"

박현의 말투에 눈치를 챈 강두철은 사무적으로 인사를 건넸다.

"이쪽은……."

"내 지인입니다."

"일두건설 대표 강두철이라고 합니다."

강두철은 사업가처럼 조완희에게 자신을 소개했다. 강두철이 인사를 건넸지만 뭐에 정신이 팔렸는지 공사 가림막 너머를 쳐다보고 있었다.

"아……, 미안합니다. 조완희라 합니다."

박현이 팔을 툭 치자 조완희는 그제야 정신을 차리며 자신을 소개했다.

"……반갑습니다."

강두철은 그의 행동에 기분이 살짝 나빠졌지만 조완희와 눈이 마주치는 순간 마른침을 꿀떡 삼켰다. 그의 눈은 마치 시퍼런 칼날처럼 섬뜩하게 느껴졌기 때문이었다.

"지금 볼 수 있겠습니까?"

박현의 말에.

"준비해 두었습니다."

강두철은 겨우 정신을 차리고 고개를 돌려 눈짓을 보냈다. 그러자 한 사내가 커다란 스포츠 가방을 들고 왔다.

철컹!

가방에서 묵직한 쇳소리가 들렸다.

"보자―."

조완희는 쭈그려 앉으며 가방을 열었다. 가방 안에는 여러 자루의 칼이 담겨 있었다.

"흠."

조완희는 가방 안에서 칼을 살피며 한 자루씩 꺼내놓았다.

"어때?"

"표식으로 삼을 만한 것이 없어. 그래도 하나는 알겠네."

조완희는 손바닥을 털며 일어났다.

"뭐지?"

박현의 물음에 조완희가 눈으로 강두철을 가리켰다.

"흠. 그럼 저는 이만 가보겠습니다. 그리고 이것들은 어떻게 할까요?"

눈치가 빠른 강두철이었다.

"필요해?"

"제가 가져가죠."

조완희가 웃는 얼굴로 강두철을 보며 말했다.

"알겠습니다. 그럼 저는 이만."

강두철은 정중하게 인사를 한 후 수하들과 함께 자택을 빠져나갔다.

"정확하지는 않지만 적어도 반은 용병, 반은 어떤 조직의 무인들이야."

"용병?"

"용병을 모르지는 않겠지?"

"내가 용병을 몰라서 물어본 것이 아닌 걸 잘 알 텐데."

"이면에 적응하지 못하거나, 아니면 너무나도 잘 적응한 무인이나 반신, 영신들 중에는 이 세계의 질서에 편입되지 않은 이들이 있어. 힘 있겠다 간섭 없겠다 보수 빵빵하겠다

대부분 용병으로 활동하지."

"흠."

박현의 침음은 묵직했다.

"왜?"

"반강제적으로 가입해야 하는 거는 아니었군."

"내가 외인이 될 수 있다고 말하지 않았나?"

조완희는 고개를 갸웃거렸다.

"했어."

"그런데?"

"그때는 그게 이런 의미인지 몰랐지. 설명도 부족했고, 나도 정신도 없었으니."

박현은 생각의 정리는 잠시 미뤘다.

"어쨌든, 알아낸 건?"

"그게 다야. 몸이 성했다면 성황신이라도 모셔 그날 상황을 보면 더 정확하겠지만 아시다시피……."

조완희는 쓴웃음을 지었다.

겉으로는 멀쩡해 보여도 속은 아직까지 썩 좋지 못한 상황이었다. 박현도 그 사실을 알기에 뭐라 입을 열지 않았다.

"하지만."

조완희는 가방을 발로 툭툭 쳤다.

"하지만?"

"적어도 어중이떠중이는 아니야?"

박현의 시선이 가방으로 내려갔다.

"표식은 없지만 상당히 고가의 칼이야. 어지간한 용병들은 엄두도 내지 못할 그런 특수금속으로 만들었어."

"흠."

"칼날 가격만으로 봤을 때 A급 이상, 용병 숫자로 보자면 S급도 한둘 있었을 거고. 거기에 이 정도 수준의 칼을 소지한 조직이라면……."

"이라면?"

"이들을 쉽게 부릴 수 있는 힘이나 지위를 가지고 있거나, 아니면 돈이 많거나."

"그런가?"

박현의 입꼬리가 살짝 말려 올라갔다.

'한성그룹.'

증거가 또 그들을 가리킨다.

"그런데 왜 이건 놔두라고 한 거야?"

"팔아야지."

조완희의 말에 박현은 미간을 좁혔다가 폈다.

"하긴 이면만의 시장이 있겠군."

"암전(暗廛)이라 불러. 외우기 그러면 블랙마켓(black market)이라고 해도 돼."

"팔면 돈이 제법 되나?"

박현의 질문에 조완희의 눈이 초롱초롱하게 바뀌었다.

"팔면 반은 내 몫이다."

"대략 얼마인데."

"왜 대답을 안 해."

"일단 가격을 들어봐야지."

"헐~. 나 없으면 이거 팔지도 못해."

조완희에 협박 아닌 협박에,

"당장 안 팔아도 돼. 나 제법 돈 있어."

박현은 어깨를 살짝 들어올렸다.

"이거 팔면서 정보도 얻을 수 있는데. 물론 나중에 네가 팔 수도 있겠지만 정보는……."

조완희는 품에서 부적 2장을 바닥으로 떨어뜨린 후 살며시 밟았다. 너무나도 자연스러워 바로 앞에 서 있는 박현도 단번에 알아채지 못할 정도였다.

박현은 형사답게 부적에 오래 시선을 주지 않고 조완희를 쳐다보았다.

"시선 하나가 있는데, 잡을까? 말까?"

"혹시나 했는데. 역시나군."

박현은 피식 웃음을 삼키며 말을 이어갔다.

"이렇게 물어보는 것을 보면 놓칠 수 있다는 말이네."

"반반?"

박현의 말에 조완희는 팔짱을 꼈다.

"마음대로. 잡아도 좋고, 놓쳐도 아쉬울 건 없어."

"하하!"

조완희가 웃음을 짓는 동시에 재빨리 몸을 반대로 틀어 걸음을 내디뎠다.

솨아아아악—

그의 앞에 펼쳐진 풍경이 한순간 접히기 시작했다.

축지(縮地).

조완희는 공간을 접으며 인근 5층 건물 옥상으로 뛰어올라갔다.

"하앗!"

조완희는 검은 양복 그림자를 향해 강림차사의 힘이 담긴 속박부를 표창처럼 쏘아 날렸다.

동시에 검은 양복의 그림자는 서둘러 명함보다는 조금 큰 카드를 찢었다.

파하악!

찢겨진 카드에서 푸른빛이 튀어나와 검은 양복 그림자를 휘감았다.

펑!

조완희가 날린 부적, 속박부는 간발의 차이로 푸른빛에

가로막히며 튕겨 터졌고, 검은 양복 사내는 푸른빛과 함께
그 자리에서 사라졌다.

"망할 아티팩트 같으니라고."

조완희는 이질적인 기운이 남긴 흔적에 눈살을 찌푸렸다.

*　　*　　*

서민들도 가고 부자도 가는 곳.

백화점.

그 누가 가도 이상하지 않은 곳.

강남 압구정에 위치한 미래 백화점이었다.

박수무당 조완희는 박현을 데리고 최상층 VIP층을 거쳐
개인 방으로 들어섰다.

"암전으로 가자고 해 놓고 왜 여기로 왔는지 궁금하지
않아?"

조완희는 사방이 꽉 막힌 밀실을 가리키며 박현을 쳐다
보았다.

"이유가 있겠지."

"거~, 재미없는 친구일세."

조완희는 멋쩍은 표정을 지으며 벽면 한쪽을 손으로 짚
었다.

후우웅—

곧 오른쪽 벽면에 부착된 거울이 울었다. 이어 거울은 희미한 빛을 뿜어냈다. 그 빛에 상당한 힘이 담겨 있었다.

"음?"

힘에 이끌려 다가선 박현은 빛만이 아니라 자세히 보니 마치 잔잔한 호수의 표면처럼 거울 표면에서 물결이 일렁이고 있음을 알아차렸다.

더불어 거울은 자신이 아닌 낯설고 어수선한 장소를 비추고 있었다.

그건 바로 상점가였다.

턱.

조완희는 박현의 어깨에 손을 얹으며 옆에 다가섰다.

"들어가자."

조완희는 망설임 없이 거울로 걸음을 내디뎠다. 그가 거울로 사라지고, 거울 너머로 어서 오라는 그의 손짓에 박현도 그를 따라 걸음을 내디뎠다.

출렁~

마치 물에 빠진 것처럼 온몸을 휘감아 누르는 압박과 동시에 찰나지만 눈에 비친 세상이 뒤집어졌다가 다시 돌아왔다. 세상만 뒤집어진 것이 아니라 속도 상당히 뒤집혀 목을 타고 신물이 올라왔다.

"속 괜찮아?"

"기분 더럽군."

박현은 한참 동안 벽을 잡고 울렁거리는 속을 애써 달랜 후 허리를 폈다.

조완희는 피식 웃음을 삼키며 말했다.

"어때? 움직일 수 있겠어?"

"못 움직여도 움직여야 할 것 같은데."

박현은 미간을 좁히며 주변을 살폈다.

"이미 늦었어. 어차피 네가 애송이라는 거 다 알아."

"젠장."

박현은 인상을 찌푸렸다.

"다 그렇게 적응하는 거야."

"그나저나 생각보다 넓군."

박현은 자신 앞으로 길게 뻗은 통로를 보았다.

천장도 높았다.

뭔가 현대적인 듯하면서도 오래되어 보이는 것이 묘했다.

"백화점 내부에 이만한 공간이 있었…… . 백화점이 아니로군."

"의외로 날카로운데."

"그럼 어디지?"

"몰라."

조완희의 말에 박현은 시선을 그에게로 옮겼다.

"진짜 몰라."

"……."

"이곳이 서울일지 제주일지, 아니면 국외인지, 심지어는 땅 속인지 바다 속인지 아무도, 아무것도 알려진 것은 없어. 다만 출입구는 서울, 부산, 대구, 광주, 전주, 대전, 마지막으로 제주에 있다는 것만 알지."

"흠."

박현은 나직하게 침음성을 삼켰다.

"내가 아는 건 단 하나야. 아니 이곳에 있는 이들도 단 하나를 알지."

"그게 뭐지?"

"이곳의 주인은 봉황이라는 것을."

조완희는 목소리를 죽이며 말했다.

"그리고."

"……?"

"검계도 한 발 걸치고 있어."

박현은 조완희를 빤히 쳐다보다 다시 시장을 쳐다보았다.

'봉황과 검계라.'

아직은 심적이든 아니든 현실감이 들지 않는 이름들이었다. 하지만 이제 피할 수 없는 이름이었다.

조완희는 겨우겨우 현실을 받아들이고 있는 박현을 잠시 쳐다보았다.

"왜, 할 말 더 있나?"

그 시선을 느낀 박현이 되물었다.

'말을 해줄까?'

조완희는 이내 고개를 털었다.

'하긴 지금 이면의 주인이 누구인지 이 녀석에게 뭐가 중요하다고.'

어쩌면 이면의 주인은 봉황이 아닐지 모른다는 은밀한 소문을 지금 굳이 이야기해줄 필요가 있을까 싶었다.

솔직히 자신도 모르는 그저 은밀히 떠도는 풍문이었고, 이제 막 이면에 적응해나가는 그에게 굳이 이야기해줄 필요를 못 느꼈다.

금기 아닌 금기이기도 했거니와 몰라도 이면을 살아가는 데 아무런 지장이 없는 것이었다.

"아니다. 가자."

박현은 고개를 갸웃거리며 조완희를 따라 걸음을 옮겼다.

정확한 크기는 가늠할 수 없지만 어지간한 중고등학교 운동장보다는 크지 않을까 싶었다. 조완희는 이래저래 큰길에서 좁은 골목을 몇 차례 꺾어 어느 상점으로 들어갔다. 간판은 잡다한 것 없이 풍성할 풍(豊) 자 하나만 적혀 있었다.

"어서……. 네가 여긴 어인 일이냐?"

사장으로 보이는 50대에서 60대 사이의 중년인이 자리에서 일어났다.

"오랜만에 뵙겠습니다."

조완희는 정중하게 인사를 건넸다.

"만신께서는 잘 계시고?"

"잘 지내실 겁니다. 아시잖습니까?"

"껄껄껄. 내가 하나 마나 한 질문을 했군."

중년 사장은 너털웃음을 터트리며 박현을 쳐다보았다.

"뉘신지?"

"박현이라고 합니다."

"노 사장이라 부르시오."

둘 다 어색한 인사를 나누며 조완희를 쳐다보았다.

"여기는 신어머니 친우분. 여기는…… 흠……. 친구?"

박현을 소개하는 조완희의 말과 목소리는 애매하기 짝이 없었다.

"신기가 느껴지지 않는 것을 보면 무문은 아니고…….
검계라고 보기에는 투박하고."

노 사장은 한 차례 박현의 몸을 훑었다.

"반신입니다."

"봉황?"

노 사장의 반문에 조완희는 고개를 저었다.

"아직은 외인입니다."

"그렇군."

노 사장은 고개를 끄덕이며 80년대에서나 볼 법한 허름한 소파를 가리켰다.

"앉으세요."

박현과 조완희가 자리에 앉자, 노 사장은 시원한 보리차두 잔을 투박한 컵에 따라 가져왔다.

"지나가는 길에 들렀을 리는 없고."

노 사장의 물음에 조완희는 허리띠에 달린 벨트백처럼 생긴 가죽 가방에 손을 쭉 밀어 넣었다.

"웃차!"

주먹만 한 가방에서 커다란 스포츠 가방을 꺼내 내려놓았다.

철컹—

묵직한 쇳소리를 내는 스포츠 가방은 바로 양두철이 건네준 것이었다.

스마트폰이나 들어갈 법한 자그만 허리 가방에서 십여자루의 검이 담긴 스포츠 가방이 나오는 모습에 박현의 눈동자가 화등잔처럼 크게 떠졌다.

"공간 왜곡 무구에 놀라는 걸 보면 아직 애송이인 모양이군."

노 사장은 순간 놀람을 드러낸 박현을 보며 피식 웃음을 삼켰다.

"그것보다 이것 좀 봐주십시오."

조완희의 말에 노 사장은 스포츠 가방 지퍼를 열었다.

"출처를 알고 싶다는 거야? 아니면 팔고 싶다는 거야?"

"둘 다입니다."

그 말에 노 사장은 자리에서 일어나 블라인드를 내려 외부로부터 시선을 차단했다. 그리고는 가방 안에 담긴 칼을 한 자루씩 꺼내 진열대 위에 늘어놓기 시작했다.

그 사이.

박현은 조완희의 옆구리를 툭 쳤다.

"……?"

"뭐야 그거?"

박현은 턱으로 그의 허리 가방을 가리켰다.

"이거? 못 봤었나? 아공간 마법이 새겨진 개인 가방이야."

"아공간?"

"그냥 쉽게 말해서 요거 안에 1톤 트럭 한 대분 분량을 넣을 수 있어. 무게는 천 분의 일로 줄여 주고."

"……."

박현은 팔짱을 끼며 조완희의 허리 가방을 쳐다보았다.

단순한 디자인이기에 깔끔하면서도 튀지 않아 어지간한 옷에는 다 어울릴 법했다.

남들이 보면 지갑이나 폰 등을 넣고 다니는 패션의 일부 정도로 볼 것이다.

"왜, 관심 있으시오?"

노 사장은 돋보기로 보이는 안경을 머리 위로 올리며 박현을 쳐다보았다.

"좋아 보입니다."

"하나 드릴까?"

"얼마나 합니까? 이런 거는?"

"똑같은 건 없고, 3m 3m 3m에 최대중량은 300kg, 그리고 1m 1m 1m에 최대중량 100kg 있소. 가격은 앞에 것이 ……4백억. 뒤에 것이 80억이오."

"……."

박현은 자신의 귀를 의심했다.

"4백억에 80억이라."

"좀 부족하오?"

노 사장의 입가에 묘한 미소가 지어졌다.

"이 녀석이 데려온 분이시고, 첫 거래라 거의 원가로 드리는 거요."

"흠."

박현은 조완희의 아공간 허리 가방을 바라보며 중얼거렸다.

"비슷한 조건의 것은 얼마입니까?"

"가격은 5천억 정도이기는 한데."

"비싸군."

박현은 고개를 끄덕였다.

"남들도 넣고 꺼낼 수 있나?"

"아니. 일반 사람이 보면 그냥 자그만 주머니로 보여."

"일반 사람이라. 이면의 사람이라면?"

"그건 이야기가 달라지지. 완전히 종속되는 것이 있는가 하면 사용자를 변경할 수 있는 것도 있어. 그렇다고 사용자 변경이 쉬운 건 아니야. 상당히 까다롭지."

"노 사장님이 말씀하신 건 당연히."

"사용자를 변경할 수 있는 거지."

"종속되는 건 천문학적 금액이거나 특별한 주문이겠군."

"맞아."

"네 거는?"

"종속."

"흠……."

"오로지 나만이 아니고 문에 종속되어 있어."

"그렇군."

박현은 고개를 끄덕였다.

생각한 금액보다 훨씬 상회하는 액수이기는 하지만 곰곰이 생각해 보면 그만한 값어치를 하는 물건임에 틀림없어 보였다.

"종속은 얼마나 합니까?"

박현의 물음에 노 사장의 눈동자가 반짝였다.

"100kg가 5백억. 하지만 첫 거래니 4백억에 드리지."

"4백억이라."

박현은 잠시 생각하다가 노 사장을 쳐다보았다.

"어느 돈으로 결제하든 당연히 뒤탈은 전혀 없다, 맞습니까?"

"이면과 엉키지만 않았다면, 당연하오."

박현은 고개를 끄덕였다.

"전화 좀 빌리겠습니다."

박현은 곧바로 일청파 두목 양두희에게 전화를 넣었다.

《여보세요.》

"양 회장, 나야."

《……말씀하십시오.》

"현재 내 몫으로 된 자금이 얼마나 있지?"

《백 억 정도 있습니다.》

"백 억 정도 더 융통해 줄 수 있을까?"

《…….》

"그리고 내 재산 중 현물도 시세에 맞춰 현금으로 융통해 주고."

《도합 얼마나 필요하신 겁니까?》

"400억."

《……많군요.》

하지만 양두희는 더 이상 불필요한 질문은 하지 않았다.

《이틀은 걸릴 듯싶습니다.》

"이틀이라."

박현은 미간을 좁히며 노 사장을 쳐다보았다.

"현금이 편합니까, 아니면 계좌가 편합니까?"

박현은 수화기를 막으며 물었다.

"계좌로 보내도 문제없소."

계좌가 편하다는 말.

"계좌는 내가 문자로 보내 주지."

《알겠습니다.》

"근래에 무리한 부탁이 연이어 이어지는군."

《아닙니다.》

"내 다른 것으로 보답을 하지."

《단 한 번, 이 목숨을 지켜 주시겠다는 말씀. 그것만으로도 충분합니다.》

박현은 전화를 끊고 휴대폰을 다시 노 사장에게로 넘겼
다.

"헐~ 너 완전 부자네."

조완희가 혀를 내둘렀다.

그 사이 노 사장은 주섬주섬 무언가를 꺼내 진열대 위에
툭 던졌다.

짙은 남색 바탕에 은색의 기이학적인 문양이 그려진 자
그만 종이박스였다. 박스 하단, 문양 아래에는 멋들어진 필
기체로 Saint—Germain이라 적혀 있었다.

"세인트……."

"생 제르맹."

노 사장이 박현의 말을 정정했다.

"프랑스 생 제르맹[1] 마탑 물건이오."

박현은 자그만 박스를 열었다.

새하얀 포장 종이가 보였고, 그 안에 자그만 허리 가방이
있었다.

　　1) 생 제르맹: 생 제르맹 백작. 연금술사로 잘 알려
진 신비의 인물로, 불로불사의 존재로 알려져 있다.
그가 언제 태어난지는 알려진 바는 없으나 첫 출현은
1700년 초이다. 그 후 여러 차례 역사에 등장했으며
1900년대 초반까지 그의 목격담이 전해진다. 본인 스
스로 2천 년을 살았다고 했으며, 동양 문화에도 조예
가 싶었고, 장미 십자단과 프리메이슨을 창설했다고도
전해지지만 확인된 바는 없다. 돌을 금으로 만드는 '현
자의 돌'과 불로불사를 조절하는 '묘약'을 가진 그는
연금술사의 대표적 인물이다.

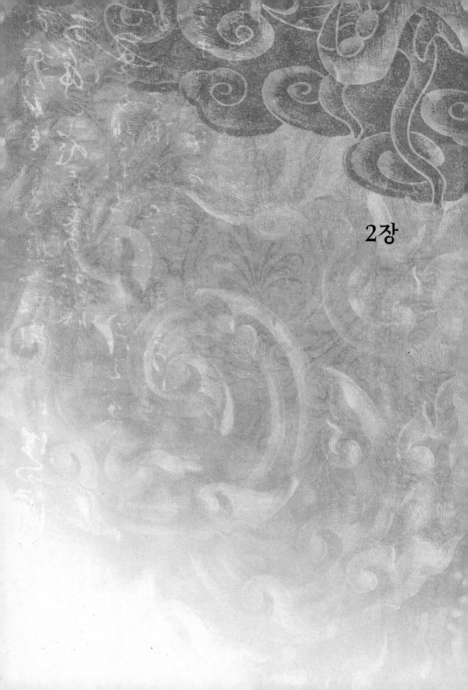

2장

　노 사장이 허리 가방을 유심히 바라보는 박현에게 말을
건넸다.

　"디자인 좋지요?"

　"마음에 듭니다."

　전체적으로 심플하지만 그렇다고 단순한 디자인은 아니
었다. 무난한듯하면서도 특별함이 느껴졌다.

　"내 이래서 생 제르맹 마탑 물건을 좋아한다니까. 실용
성만 따지는 독일의 장미십자회[1]나 투박한 영국의 멀린[2]
마탑보다야 뭐로 보나 생 제르맹 마탑의 물건이 좋소."

　기분이 좋은지 노 사장의 입가에도 웃음이 걸렸다.

"생……."

박현이 미간에 주름을 만들자.

"그냥 간단히 말하면 유럽 3대 마탑이야. 마탑은 대충 알겠지?"

조완희가 부연 설명을 덧붙였다.

"마법사들의 조직인 거 같군."

"맞아."

조완희는 박현의 말에 고개를 끄덕였다.

"그건 그렇다 치고, 앞서 말했다시피 1m 1m 1m에 최대 중량 100kg요."

"잘 봤습니다."

박현은 다시 조심스럽게 허리 가방을 박스 안에 넣으며 다시 노 사장에게로 내밀었다.

"음? 산다 하지 않았소?"

노 사장은 박현을 향해 의아한 표정을 지어 보였다.

"현금 준비에 시간이 걸립니다."

"나도 들었소. 이틀?"

"그렇습니다."

"다른 사람도 아니고 저 녀석 지인인데, 오늘 가져가도 괜찮소. 돈이야 그날 넣어주면 되고."

노 사장의 말에 박현은 다시 허리 가방이 담긴 남색 상자를 내려다보았다.

"지급만 확실하다면 그렇게 해. 그건 그렇게 하기로 하고……, 제가 가져온 것도 봐 주십시오."

박수무당 조완희가 상황을 간단하게 정리하며 자신의 볼일을 상기시켰다.

"대충 봤어. 재료만 보면 전부 상급 혹은 그 이상이야."

"그렇습니까?

조완희는 싱글싱글 웃었다.

"그중에 2자루는 변형 무구이고."

"오―."

이어진 설명에 조완희는 감탄사를 터트렸다.

"그럼 가격은."

"일반 칼은 자루당 1억, 변형 칼은 자루당 10억. 보자―, 18자루니까, 20억에 16억. 36억이네."

"헐~"

조완희는 입을 쩍 벌렸다.

"저 너무……."

"왜? 후려친다고?"

"뭐……. 하하하."

조완희는 어색한 웃음을 지어 보였다.

"정보비 포함이야. 그리고 오늘 남는 것도 없는데 여기서라도 좀 남겨야지."

"쩝."

조완희는 입맛을 다시며 입을 다시 열었다.

"뭐 알아낸 거라도 있으신지요?"

"정확한 건 아닌데. 짐작 가는 바는 있어."

박현도 노 사장의 목소리에 귀를 기울였다.

"용병팀 중에 팀 산걸이라고 있어."

"팀 산걸? 그 팀 산걸?"

조 완희의 반문에 노 사장이 고개를 끄덕였다.

"얼마 전에 큰 의뢰를 받았다는 소문이 잠깐 돌았었어."

"흠. 그리고 어떻게 되었습니까?"

"뭐가 어떻게 돼. 어느 날부터 모습을 보이지 않고 있지. 그리고."

팅—

노 사장은 검지로 칼 한 자루를 팅겼다.

"이것들 그들이 쓰던 칼과 같아."

"나머지는요?"

조완희는 고개를 끄덕이며 물었다.

"특정하기에 애매해. 비싸지만 대중적이고 특징이 없는 칼들이야. 이 정도 인원이 사라졌으면 어떤 소문이라도 돌아야 하는데 없는 것을 보면 기업 아니면 정부 쪽이 아닐까 싶어."

"기업 아니면 정부라."

조완희는 다시금 고개를 끄덕였고, 박현은 차가운 눈빛을 갈무리했다.

"하지만 정확한 건 아니야. 그냥 감이 그렇다는 거지."

"아쉽지만 어쩔 수 없지요."

"정보 단체는 없나?"

박현의 물음에 조완희는 고개를 저었다.

"위험해. 거기는 검계는커녕 봉황회의 입김도 닿지 않는 곳이야."

조완희의 충고에 박현은 고개를 끄덕였다.

"왔으니 쇼핑이나 더 해야지?"

조완희는 박현을 바라보며 씨익 웃었다.

"보니까 검이나 이런 건 안 쓰는 거 같고. 타격 좀 하던 거 같던데. 어때?"

"경찰이 칼 쓸 일 있겠나? 주먹이 가장 편하기는 하지. 단검 정도는 편히 쓸 줄 알아."

"어떻습니까?"

"그렇다면 건틀릿이 좋아 보이는군."

"혹시 재고 남아서 그런 건 아니죠?"

조완희는 게슴츠레한 눈으로 노 사장을 쳐다보았다.

"이놈이."

노 사장이 눈을 부라리자 조완희는 슬그머니 시선을 피했다.

"형사시라고?"

"예."

"팔 보호대 형식으로 괜찮은 놈 하나 있소. 한번 보시겠소?"

노 사장의 물음에,

"내가 필요할까?"

박현은 조완희에게 조언을 구했다.

"필요해. 위험할 때 무작정 진체를 드러낼 수 없잖아. 상황에 따라 가벼운 무구를 쓰는 게 편할 때도 있어."

조완희는 그리 말하고는 노 사장을 바라보았다.

"괜찮은 건틀릿하고, 단검 좀 보고 싶습니다."

"기다려 봐."

노 사장은 뒷문을 열고 창고로 들어갔다.

잠시 후, 자그만 검은색 상자를 하나 가져왔다.

"건틀릿은 여기에 있고, 단검은 저기 진열해 놓은 것 중에 하나 고르면 돼. 건틀릿은 독일 장미십자회 것이니까 품질 하나는 최고요."

노 사장은 조완희와 박현을 두루 쳐다보았다.

"얼마입니까?"

박현은 물건에 손을 대지 않은 채 물었다.

"건틀릿은 30억. 단검은 1억에서 5억이오."

"흠."

박현은 침음성을 삼키며 고개를 저었다.

"다음에 사겠습니다. 가진 돈이 부족하군요."

"이거 팔면 충분하오만."

"모두 제 돈이 아닙니다."

"끄으. 속이 쓰리지만…… 일단 사. 대신 남는 돈은 다 내 거다."

조완희는 가슴을 움켜잡은 채 눈물을 글썽였다.

"그렇다는군."

노 사장은 그 말이 끝나기가 무섭게 씨익 웃으며 검은 상자를 열어 검회색의 팔 보호대를 넘겼다.

천처럼 흐물흐물거렸는데 질감은 철과 같았다.

그럼에도 신축성이 좋아 편하게 팔에 찰 수 있었다.

"그래 보여도 단단한 충격이 가해지면 철보다도 단단해져요. 형사라 하시니 평소에도 제법 쓸 만할 거요."

박현은 몇 걸음 옮겨 단단한 모서리에 팔을 휘둘러 보았다.

팍!

보호대가 순간 뻣뻣해지며 충격을 흡수했다.

노 사장의 설명처럼 평소에도 제법 쓸모 있을 듯싶었다.

"그리고 건틀릿으로 변형은 팔 보호대에 기운을 불어넣으면 되오."

"기운이라."

탈피를 했지만 여전히 자신의 의지에서 벗어나 있는 상황이기에 박현은 쓴웃음을 지으며 팔 보호대를 내려다보았다.

"사용법은 내가 대충 아니까, 내 개인 연무실로 가서 하자. 그리고 신어머니에게도 들러야 하고."

개인 연무실이라. 아마도 조완희만이 사용하는 도장이 있는 모양이었다.

"그러지."

조완희의 마음 씀씀이가 나쁘지 않았다.

"단검이나 골라."

박현은 고개를 끄덕이며 단검이 진열된 곳으로 몸을 돌렸다. 조완희는 그런 박현의 어깨에 손을 얹었다.

"……?"

박현이 걸음을 멈추고 고개를 돌리니 조완희가 매우 진지하게 말했다.

"너무 비싼 거 고르지 마라."

　　　　　*　　　　*　　　　*

　북한산 초입.

　아담한 기와집에 오색의 신당 깃발이 걸려 있었다.

　서울에서도 내놓으라하는 만신의 신당.

　신비사였다.

　그런 신당에 무녀 만신 신비선녀가 차가운 눈으로 한 여
인을 바라보고 있었다. 조용히 무릎을 꿇고 앉아 있는 여인
은 바로 한성그룹 안주인 박미자였다.

　쾅!

　"부모의 연마저 모질게 끊어버린 네가 무슨 낯짝으로 여
기를 온단 말이냐!"

　신비선녀는 좌탁을 손바닥으로 내려치며 그녀를 향해 호
통 쳤다. 박미자는 비록 신비선녀 앞에서 무릎을 꿇고 있었
지만 눈빛은 차분하기 그지없었다.

　"이모님도 아시겠지만."

　"이모?"

　박미자의 말에 신비선녀가 코웃음을 쳤다.

　"어찌 내가 네년의 이모란 말이냐."

　"모질게 대하셔도 핏줄은 사라지지 않습니다."

"핏줄? 지금 네가 나에게 핏줄이라고 했더냐! 부모가 내려주신 성마저 버린 년이!"

신비선녀의 뺨은 파르르 떨렸다.

"제 뜻이기도 하였지만 어머니 뜻이기도 했어요."

"저, 저년! 뚫린 입이라고……."

"무녀 핏줄에서 무녀로 살아갈 수 없는 제가 그럼 어떻게 했어야 했나요? 주변에서 수군대며 바라보는 차가운 눈빛은요?"

박미자의 나직했지만 한이 섞인 목소리에 신비선녀는 입을 꽉 닫았다.

"나만 알지 못하는, 아니 나만 알 수 없는 가족들의 비밀은요?"

마지막 말에 신비선녀의 눈동자가 흔들렸다.

"저는 아직도 왜 우리 가문이 아버지의 성이 아닌 어머니 성을 따라야 하는 모계 가문인지 몰라요. 덕분에 박씨의 성을 가질 수 있었지만요."

박미자는 감정이 조금 거칠어졌는지 잠시 눈을 감으며 호흡을 가다듬었다.

"신당에는 평생 발을 딛고 싶지 않았어요."

그녀의 말을 증명이라도 하듯 그녀의 목에는 십자가 목걸이가 걸려 있었다.

"평생 연락조차 안 하다가 어인 일로 온 것이냐?"

신비선녀의 목소리는 한풀 꺾여 있었다.

"제게 딸이 둘 있는 거 아시죠?"

"내놓으라는 대기업 가정사를 내 모를까."

"장녀는 아시다시피 화랑문 차남에게로 시집갔죠."

"소식은 들었다."

"저는 시집을 가서야 우리 가문이 검계의 한 축을 담당하는 무문의 일족이라는 것을 알았어요. 우습죠?"

"……."

"……."

박미자와 신비선녀, 둘은 서로의 눈을 직시했다. 애틋함, 회한, 분노 등이 마구잡이로 뒤섞인 눈빛들이었다.

"휴우—. 그래, 시집 잘 갔으면 잘 살지 왜 여기에 찾아온 것이더냐?"

"우리 '천(天)'가의 비밀을 알아야겠어요."

박미자의 말에 신비선녀의 눈썹이 꿈틀거렸다.

"불가!"

아무리 애틋함이 들었다고 해도 아니 되는 것은 아니 되는 것이다.

"막내가 아파요."

"……?"

"처음에는 신병인 줄 알았어요."

"그런데?"

순간 신비선녀의 눈빛이 번뜩였다.

"근데 아니에요. 신병은 아니에요. 하지만 밤마다 아파요. 고통스럽게 몸부림치는데 아침에는 활력이 넘쳐요. 언제 아팠냐는 듯. 그래서 그 아이는 그걸 자각 못 해요. 마치 귀신에 쓰인 것처럼요."

신비선녀는 눈을 감았다가 떴다.

"언제부터 그러했느냐?"

"얼마 안 되었어요."

"신변의 변화가 있었더냐?"

"신변의 변화라니요?"

"뭔가 주변에 달라진 것이 분명 있을 것이야. 그렇지 않고서야 일이 일어날 수 없지."

"음……. 아! 아마 형사과로 발령받고 얼마 지나지 않아 좀 다쳤는데, 그때부터였어요."

"흠."

신비선녀는 묵직한 침음을 삼키며 눈을 반쯤 감았다.

"내 수일 내로 들리마."

"무슨 일인지 알려주세요."

"네 마음을 모르는 바는 아니지만 그렇다 하여도 네게

알려줄 수는 없다."

박미자는 입술을 지그시 깨물었다.

"저는 영원히 알 수 없는 건가요?"

한 서린 그녀의 말과 함께 굳게 닫힌 문 너머로 신딸의
목소리가 들려왔다.

"어머니. 완희 오라버니께서 오셨어요."

"잠시 기다리라고 해라."

"네."

신비선녀는 조금 큰 목소리로 외친 후 박미자를 바라보
았다.

"만에 하나 내 짐작이 맞는다면, 너도 알게 될 것이다.
너는 그 아이의 어미이니. 그저 잡귀가 쓰인 거라면 내 쫓
아내면 그만인 게고. 그리 알고 가보아라."

신비선녀의 축객령에 박미자는 어쩔 수 없이 자리에서
일어났다.

그녀가 나가고.

'대가 끊어진 것이 아니었던가?'

신비선녀의 눈동자에 희망이 차올랐다.

*   *   *

방문이 열리며 박미자와 박현의 눈이 짧게 마주쳤다.

"들어가자."

박현과 조완희는 그녀를 스쳐 신방으로 들어갔다.

"저 왔습니다. 절 받으십시오."

조완희는 신비선녀에게 큰 절을 올렸다.

신비선녀는 조완희의 큰 절을 받은 후 함께 온 박현을 올려다보았다.

"박현이라고 합니다."

박현은 허리 숙여 자신을 소개했다.

신비선녀는 박현과 눈을 마주하자 두 눈의 동공이 확장되며 몸을 부르르 떨었다.

박현에게서 풀풀 풍기는 정제되지 않은 신력에 놀라 모시던 하급신들은 화들짝 비명을 지르며 몸을 숨겼다.

그나마 최영 장군신은 긴장감을 드러내며 그녀의 혼을 보호했으며, 조상신 몇몇은 공포를 이기지 못하고 혼백을 부르르 떨며 겨우겨우 최영 장군신의 그림자 뒤에서 버틸 뿐이었다. 그들이 느끼는 공포와 긴장감을 신비선녀는 고스란히 받아들여야 했다.

하지만 한평생 무당으로, 그리고 만신으로 살아오며 범인들은 상상조차 할 수 없는 삶을 살아온 그녀였다. 독한 악귀들도 보아왔고, 요괴며 요물들과도 혼을 걸고 싸워 왔으며, 감당하기 힘든 신의 목소리도 이겨온 그녀였다.

또한 이 땅의 지배자인 봉황과도 독대해 본 그녀였다.

"……뉘신지요?"

신비선녀는 잠시 눈을 감아 마음을 가라앉힌 후 자리에서 일어나 박현에게 정중하게 물었다.

"박현이라고 합니다."

인사에도 신비선녀는 박현의 눈을 지그시 바라보았다.

부족하다는 의미.

"일산경찰서 강력팀 형사입니다."

박현은 좀 더 풀어서 자신을 소개했다.

재차 이어진 소개에 신비선녀는 고개를 저었다.

"신어머니. 반신으로 백호입니다."

신비선녀는 조완희의 말에 잠시 그에게로 시선을 옮겼다가 다시 박현에게로 되돌렸다.

"앉으시지요."

신비선녀는 고개를 끄덕이며 자리를 권했다.

자리에 앉다가 신비선녀는 불현듯 박미자의 딸이 떠올랐다.

일산경찰서 형사라고 했다.

그리고 눈앞에 앉아 있는 이 역시 일산경찰서 형사.

거기에.

'백호라.'

백호는 어떤 의미로 특별한 존재다.

그 자체만으로도 신성한 존재지만 그 너머의 또 다른 존재이기도 했다.

신비선녀는 눈을 감으며 신방울을 들었다.

차라라라랑—

신방울을 울리며 최영 장군의 영력을 더욱 끌어올렸다. 그리고 눈을 떠 그의 시선으로 박현을 쳐다보았다.

'헉!'

박현의 진정한 모습이 보였다.

최영 장군의 혼백마저 흔들렸다.

신비선녀는 너무 놀라 신방울을 쥐고 있는 손의 힘마저 풀려 신방울을 놓칠 뻔했다. 황급히 신방울을 다시 움켜잡은 신비선녀는 다시 눈을 감았다.

보았다.

그의 진실된 모습을.

또한 보지 못했다.

그 모습 뒤에 가려진 또 다른 참모습을.

눈이 있으나 보지 못한 것이다.

최영 장군의 눈으로도 볼 수 없는 엄청난 신격이었다. 그나마 가문 대대로 이어지는 특이한 능력에 얼핏 보았을 뿐이었다.

'천외천!'

눈앞에 앉아 있는 자, 천외천의 기질을 타고 났다.

비록 하늘이 허락해야 천외천에 도달할 수 있다지만.

'그래서!'

이 사내의 기운에 본능적으로 가문에서 이어져 내려온 피가 끓어올랐을 것이리라. 그렇기에 박미자의 막내딸 한설린이 열병을 앓는 것이리라.

'백호.'

신비선녀는 동시에 심각한 표정으로 봉황을 떠올렸다.

수천 년간 이어진 이 땅에서의 전쟁에서 승리하고 홀로 고귀한 자리에 앉은 봉황. 과연 그들이 자신들의 자리를 위협하는 또 다른 천외천을 용납할 것인가?

'못 하지.'

봉황은 자애롭다.

하지만 그 자애로움은 자신의 지위가 공고할 때만이다.

봉황은 용과 어깨를 나란히 하는 신이자 그 욕심 또한 용에 뒤지지 않는다. 아니 어쩌면 더 강한 자존심을 가지고 있을 존재들이다.

"어찌 네가 이분을 뫼시고 오신 것이더냐?"

한참의 침묵 끝에 신비선녀가 조완희에게 물었다.

"몸주께서 당분간 곁에서 도우라 했습니다."

"몸주께서?"

"예."

신비선녀는 묵묵히 고개를 주억이며 다시 생각에 잠기는 모습이었다.

조완희가 신아들이었지만 내림굿 당시 그의 몸주를 느끼고 얼마나 놀랐던가?

그의 몸주 한 마디면 자신의 몸주의 혼마저 바스라질 터.

"잠시 자리를 피해 주실 수 있겠습니까?"

신비선녀의 말에 박현은 조완희와 잠시 눈을 마주친 후 자리에서 일어났다.

박현이 잠시 신당을 나가고.

"왜 그러십니까?"

"백호시라고?"

"네."

"그게 무슨 의미인지 아느냐?"

"……?"

"봉황."

단 두 글자에 조완희는 순간 아차하는 표정을 그렸다가 이내 굳은 표정으로 바뀌었다.

"너도 느끼느냐?"

"……."

"그냥 백호가 아닐 수 있다."

"……."

조완희는 깊은 침묵에 빠졌다.

"그러니 네 녀석의 몸주께서도 그리 공수를 내리신 것일 테고."

"그래서였던가?"

조완희는 도깨비 서기원의 부자연스러운 행동을 떠올렸다.

"무슨 소리냐?"

"몸주께서 제 몸에 강신했을 적 서 암행에게 저와 함께 도우라고 하셨답니다."

"서 암행이면……."

"봉황회의 서기원 두령입니다."

"그 치로구나."

누군지 알겠다는 듯 신비선녀는 고개를 끄덕였다.

"이 일이 가볍지 않구나."

신비선녀는 천장을 올려다보았다.

"오늘은 이만 돌아가거라. 내 수일 내로 기별을 넣을 테니."

신비선녀의 축객령에 조완희는 몸단장을 한 후 큰 절을

올린 뒤 신당을 나갔다.

접객방에는 박현이 멀뚱하게 서 있었다.

"아."

그를 보자 조완희는 굳게 닫힌 신당 문을 뒤돌아보며 머리를 긁었다.

"그걸 못 물어보고 그냥 나왔네. ……미안하다."

박현은 난감해하는 조완희를 향해 고개를 절레절레 저으며 밖으로 나갔다.

*   *   *

별왕당으로 돌아온 조완희는 박현을 데리고 별채를 통해 지하로 내려갔다.

"지하에 개인 연무실이라."

지하에는 대략 50여 평이 넘어 보이는 공간이 존재했다.

"생각보다 넓기도 하고."

또한 색만 달랐지 바닥과 벽, 지붕 모두 단단해 보이는 돌로 되어 있었다.

"진짜 부자는 내가 아니라 너인 듯싶은데."

"반은 은행 거다."

박현은 장난 삼아 눈물을 훔치는 조완희의 어깨를 두들

긴 후 연무실을 둘러보았다.

사방이 꽉 막힌 밀실임에도 공기가 맑았다.

"사방이 꽉 막혔는데 퀴퀴한 냄새도 안 나고."

"이거 만든다고 부적으로 도배를 하다시피 했어. 생각보다 쾌적하고, 튼튼해. 무엇을 해도 외부에 소리가 나가지도 않아. 무너지지도 않고."

박현은 고개를 끄덕였다.

"자, 그럼 시작해 볼까?"

조완희의 말에.

"뭔가 좀 서두른다."

박현이 묘한 표정으로 그를 쳐다보았다.

"내가 언제까지나 네 뒤치다꺼리를 해 줄 수는 없잖아."

조완희는 뜨끔한 표정을 감추며 능청을 떨었다.

"할 말이 없다."

박현은 쓴웃음을 지으며 오른 팔목에 찬 금속 팔보호대를 내려다보았다.

"편하게 해, 편하게."

"……."

"너는 모르겠지만 이미 너는 어느 정도는 그 힘을 쓰고 있어."

박현은 어릴 적부터 느낀 기이한 힘을 떠올렸다.

그 힘은 순간순간 불쑥 튀어나왔다.

급박하거나 다급할 때에도 자신의 마음을 안다는 듯 모습을 드러내기도 했었다. 하지만 한 번도 그 힘을 자신의 의지로 쓸 수 있을 거라 생각해 본 적은 없었다.

박현은 길게 날숨을 내쉬며 눈을 감았다.

그간 느꼈던 힘을 떠올렸다.

일 분.

십 분.

삼십 분.

그리고 한 시간.

'집중력은 타의 추종을 불허하는군.'

길다면 긴 그 시간 동안 박현은 미동조차 없었다.

'저만한 집중력이면 미세하게나마 힘을 끌어낼 수 있을 텐데.'

조완희는 팔짱을 낀 채 여전히 양손을 교차한 모습으로 집중하고 있는 박현을 쳐다보았다.

'분명 그 날도 힘을 사용했었어.'

두억시니를 멸살한 창고에서 강제로 백호를 깨운다고 서기원과 함께 박현을 향해 우악스럽게 힘을 쓴 날을 떠올렸다. 미약하나마 순간순간 신기가 그의 몸에서 흘러나왔다.

'위기감이 느껴져야 하나?'

고민을 마친 조완희는 팔을 풀며 곡도를 꺼냈다.

촤아악—

조완희는 단숨에 박현과 거리를 좁히며 목을 향해 곡도를 휘둘렀다.

쐐애애애액—

공기를 가르는 섬뜩한 파음이 박현의 귀를 파고들었다.

"……!"

본능적으로 몸을 뒤로 젖히며 눈을 뜬 박현은 눈앞으로 스쳐 지나가는 칼날을 보았다. 1cm만 더 깊었어도 실명을 할 수 있는 거리였다.

조완희는 몸을 크게 돌리며 곡도를 내려찍었다.

"흡!"

뭐라 입도 열 여유도 없이 박현은 몸을 날려 곡도를 피했다.

쐐애액— 사악— 쑤아아악!

이어진 조완희의 매서운 공격에 박현은 겨우겨우 힘겹게 피했다.

"뭐하자는 거야!"

박현은 몸을 굴려 멀찌감치 거리를 벌리며 소리를 질렀다. 쩌렁쩌렁한 목소리와 달리 옷은 칼날에 잘려 넝마가 된지 오래였고, 그의 몸은 피투성이였다.

그 고함에도 조완희는 무표정한 얼굴로 박현을 향해 다시 곡도를 휘둘렀다.

턱!

"……!"

몇 차례 정신없이 피하다 보니 박현은 자신도 모르게 구석으로 몰려 있었다. 그리고 그 앞에 조완희가 곡도를 들고 서 있었다.

"막아. 아니면 죽어."

조완희는 크게 다리를 구르며 곡도를 내려찍었다.

쑤아아아아아아악!

박현은 짙어진 살기에 이를 악물어야 했다.

죽음을 상기하자 가장 먼저 반응한 건 그의 눈동자였다.

검은 눈동자가 황금색으로 변하며 옅은 푸른 귀광을 머금었다.

꿈틀!

"……!"

몸에서 그 힘이 느껴졌다.

죽어라 집중했을 때에는 요동은커녕 흔적도 찾지 못했던 힘이었는데. 그 힘은 자연스럽게 팔 보호대로 흘러들어 갔다.

"핫!"

팔 보호대가 더욱 강하게 힘을 빨아들였는지, 아니면 힘이 팔 보호대를 더욱 강하게 밀어붙였는지 모르겠지만 들불처럼 끓어오르는 힘에 박현은 일갈을 터트리며 양팔을 들어올렸다.

좌라라라라락!

팔 보호대는 스스로 길이를 늘려 양손을 휘감아 덮으며 묵빛 철 글러브, 건틀릿으로 변했다.

카강!

그리고 곡도와 건틀릿 사이에서 푸르고 붉은 불꽃이 튀었다.

"되네."

조완희는 뒤로 한 걸음 물러나며 곡도를 회수했다.

"아~, 역시 내 생각은 틀리지 않았어."

조완희는 머리를 쓸어 올리며 미소와 함께 만족감을 드러냈다.

"미친 새끼."

박현은 벽을 등받이 삼아 바닥에 앉으며 식은땀을 식혔다. 두툼하면서도 단단해 보이는 건틀릿이 그런 그의 눈에 들어왔다.

*용어

1) 장미십자회(薔薇十字會): 중세 후기, 독일에서 형성. 고대의 지식, 마술 등을 비밀리에 전승하는 신비주의적 비밀결사 단체. 13세기에 설립, 17세기 초 독일에서 《Confessio Fraternitatis》라는 책을 통해 실체가 알려졌다. 책에 따르면 독일 태생의 크리스천 로젠크로이츠(Christian Rosenkreutz)가 장미십자회를 창설했다 전해진다.

2) 멀린: 아더왕의 참모이자 대마법사. 켈트 신화의 드루이드이기도 하다.

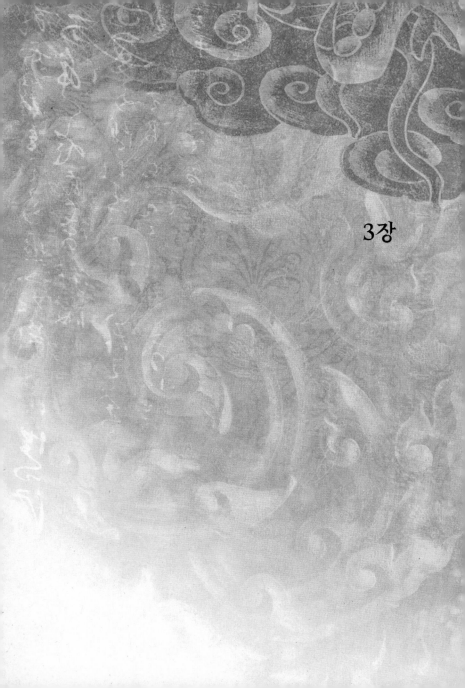

3장

　"조완희라는 박수무당과 함께였다고?"

　"예, 회장님."

　이규원 비서실장은 한재규 회장의 반문에 설명을 덧붙였다.

　"외부에는 그다지 알려지지 않았지만 검계 내부에서는 유명한 자로, 무문의 장로 만신 신비선녀의 신아들입니다."

　"무문의 일인이라고?"

　"현재 신비선녀의 유일한 후계자입니다."

　"봉황회도 아니고 검계의 무문?"

　한재규는 의아한 반응을 보였다.

"신비선녀는 대대로 무녀 가업을 이어온 이로서 유달리 봉황회와 친분을 유지하고 있는 가문이기도 합니다."

"검계의 무문에 봉황회와의 친분이라."

"또한 조완희 박수는 검계 내에서는 차기 무문 문주이며 차후 검계 회장도 노려볼 만하다는 평가를 받고 있습니다. 행동거지가 가볍다는 평이 없지 않지만 허투루 행동하지 않는 자라고 합니다. 더불어 후기지수들 사이에서도 신망이 제법 두텁다 합니다."

"무문 출신으로 검계 회장까지 노린다?"

검계에서 가장 큰 부분을 차지하는 것은 무엇보다도 무력(武力)이었다. 그러한 점에서 무문의 가장 큰 단점이자 약점은 바로 무력이 약하다는 것이었다.

"다른 부분도 있지만 무당답지 않게 무위가 상당하다 합니다."

한재규 회장은 검지로 책상을 똑똑 두들기며 침묵에 빠져들었다.

"현재도 함께하고 있나?"

"그의 신당에 함께 머물고 있는 것까지 파악되었습니다."

"정보팀은?"

한재규가 이규원 비서실장을 올려다보았다.

"조금 전 조 박수에게 꼬리가 들켜 지금은 모두 철수한 상황입니다."

"상황이 상당히 꼬였군."

이성적으로는 미련 없이 접어야 옳다.

"어떻게 생각하느냐?"

한재규는 고개를 돌려 유일한 아들이자 후계자인 한석민을 쳐다보았다.

"단순한 친분 관계일 수도 있습니다."

한재규는 이규원 실장을 쳐다보았다.

"다른 접촉은?"

"파악한 바는 없습니다."

"현재 파악된 바로는 그가 유일한 접촉이라는 건데."

"잠시 실례하겠습니다."

한석민은 몸을 돌려 어디론가 전화를 걸었다.

"형님. 저 석민입니다. 예. 예. 누님도 잘 지내시지요? …… 뭐 하나 알아볼 것이 있어 전화드렸습니다. 예. 예. 다름 아니라 근래 들어 검계에 가입 절차를 밟고 있는 반신이 있습니까? 네. 네. 알겠습니다. 누님에게도 안부 전해주십시오. 예."

한석민은 짧은 통화를 마쳤다.

"김 서방이냐?"

한재규가 물었다.

그의 장녀인 한예린은 화랑문 차남 김월과 가정을 꾸렸다.

"예."

한재규가 알았다는 듯 고개를 끄덕였다.

"검계 자체에 그러한 이야기는 없답니다."

"그렇다면 최대 무문이거나 최소로 따지면 개인적인 친분이겠군."

한재규는 고개를 끄덕였다.

"저 역시 그렇게 보입니다. 백호의 등장이라면 검계는 둘째치고 봉황회에서도 제법 시끌벅적할 법도 한데 여전히 평온한 것을 보면 아직 이면에 적극적으로 모습을 드러내지 않은 것으로 사료되옵니다."

"내 호족을 잊고 있었군. 수백 년 만에 그들의 왕이 태어났는데 잠잠하다니, 아직 봉황회 쪽에서는 그의 존재를 모르는 모양이 확실해 보이는군."

어느 정도 상황을 파악을 마치자 한재규의 눈빛은 더욱 깊게 가라앉았다.

"어지간하면 포기하겠는데. 백호란 말이야."

"내일 저녁 식사에 초대하고, 동시에 최대한 정보망을 돌려 인간관계를 알아보고 결정하는 것은 어떻습니까? 만약 그 관계가 협소하다면 그대로 진행하시고, 아니면 그냥 가볍게 식사를 하고 자리를 파하면 그만인 듯싶습니다."

"내 그리 생각 못 한 바는 아니지만 위험해. 정보4팀이 무너졌어."

"예비 인력을 동원해도 예전보다 현저히 못합니다."

이규원 비서실장이 말을 덧붙였다.

"음."

한석민이 미간에 깊은 선을 그으며 생각에 잠겼다.

"아버지."

"말해 봐."

"형님을 한번 부르시죠."

"김 서방을?"

한재규가 눈을 반짝였다.

"사실 형님이 차남이라서 그렇지 그 세와 포용력은 화랑문 풍월소주(風月小主)[1]보다 못한 것이 없습니다."

"……."

한재규의 눈이 감겼다.

"이제 형님도 우리 가족입니다."

"그만큼 위험하다는 것도 아느냐? 자칫 가문뿐만 아니라 한순간에 가업도 날아갈 수 있어."

묵직한 경고.

"하지만 아무것도 하지 않는다면 그룹은 병자처럼 서서히 말라 죽어 갈 겁니다."

"……."

"그를 생포한다면 작금의 위기를 벗어나 날개를 달고 하늘로 비상할 수도 있습니다."

한석민은 강한 어조로 대답했다.

"김 서방에게 전화 넣어라."

그 어조에 한참을 침묵하던 한재규가 눈을 떴다.

*　　　*　　　*

"선배, 오늘 저녁 시간 어떻게 되세요?"

경찰서 인근 식당에서 점심을 함께하던 한설린이 수저를 뜨며 물었다.

"오늘 저녁?"

"아버지께서 시간 괜찮으시면 오늘 저녁에 식사하자고 하시네요."

박현의 눈빛이 착 가라앉았다.

"진짜로 초대해 주실지 몰랐네."

박현은 한설린을 바라보았다.

"시간 되세요?"

"어르신이 초대해 주셨는데 가야지."

박현은 담담한 미소를 보이며 다시 수저를 들었다.

'오늘이라.'

고개를 살짝 숙인 박현은 차갑게 변한 눈동자로 자신의 손목을 힐끗 쳐다보았다.

*   *   *

서울로 향하는 대형 버스에 이삼십 대의 청년들이 타고 있었다.

그 수는 대략 50명.

화랑문 차남인 월화랑 김월이 이끄는 월화랑 낭도들이었다.

"왜 느닷없이 버스를 탔는지 모두 궁금할 것이다."

대낭두(大郞頭)[2] 유동환이 버스 통로에 서서 낭도들을 일일이 눈을 마주하며 입을 열었다.

"우리는 월화랑을 모신다."

모두의 시선이 대낭두 유동환에게로 모였다.

"나는 생각한다. 그리고 우리는 생각한다. 우리의 화랑, 월화랑께서는 풍월주(風月主)[3]가 되실 날을."

그의 말에 일순간 분위기가 엄숙하게 바뀌었다.

"우리의 염원이 그분께 닿은 모양이다. 드디어 그분이 칼을 뽑으셨다."

그 말이 끝나자.

아주 짧은 정적이 흐른 후.

"우와아아아아!"

"와아아아아!"

엄청난 함성이 터져 나와 버스를 흔들었다.

"조용! 대낭두의 말씀이 끝나지 않았다."

이(二)낭두 안덕해가 묵직한 목소리로 함성을 가라앉혔다.

"우리의 화랑이 풍월소주보다 못한 것이 무엇인가?"

"부족하다니요! 오히려 더 뛰어납니다."

"맞습니다."

대낭두 유동환의 말에 버스 곳곳에서 목소리가 튀어나왔다.

"고작 장남이라는 이유로 화랑문을 다스린다는 것은 어불성설이다. 하여 우리는 이제 목숨을 버린다. 알았나?"

"충—!"

"추웅!"

"충!"

버스에 탄 낭도들은 일제히 주먹을 가슴으로 가져가며 소리쳤다.

＊　　　＊　　　＊

어둠이 내리기 시작한 초저녁.

"아이—. 씨. 왜 갑자기 부르셨지?"

박수무당 조완희는 그의 신어머니 신당인 신비사 정문 앞에서 머리를 벅벅 긁으며 서성이고 있었다.

끼익—

잠시 후, 녹슨 철문이 열리고 곱게 한복을 차려입은 신어머니 신비선녀가 밖으로 나왔다.

"왔으면 안에 들어오지 않고."

신비선녀는 가볍게 책망하며 익숙하게 그의 차에 올라탔다.

"어디로 가시려는지요?"

조완희는 운전석에 올라타며 물었다.

"서울……."

조완희는 네비에 신비선녀가 불러주는 주소를 찍고 차를 몰았다.

"근데 어디로 행차하시는 건지요?"

조완희는 백미러로 신비선녀를 쳐다보았다.

그녀는 등받이에 몸을 파묻은 채 눈을 감고 있었다.

"가면 알 게야."

목소리는 평온했지만 그녀의 얼굴은 그녀답지 않게 딱딱하게 굳어 있었다. 옅은 숨과 함께 조완희는 긴장감을 숨기지 못하는 신비선녀의 표정에 눈을 동그랗게 떴다. 단순한 긴장감만은 아닌 듯 그녀의 뺨에는 홍조가 피어 상기된 모습이었다.

　조완희는 오랜 시간 그녀를 보아왔지만 긴장감이야 그렇다 하여도 흥분을 이기지 못하는 모습은 처음이었다.

　'무슨 일이지?'

　조완희는 고개를 갸웃거리며 네비의 안내에 따라 차를 몰았다.

*　　*　　*

　끼익—

　족히 3~4m는 될 법한 담장이 길게 늘어진 대저택가 이면도로에 검은색 차가 한 대 들어왔다. 어느 높다란 담벼락 앞에 차를 멈추고 운전석에서 내린 박현은 고개를 돌려 높게 솟아 있는 담을 올려다보았다.

　"이쪽이에요."

　조수석에서 내린 한설린이 사람 키 두 배는 될 법한 대문으로 그를 안내했다.

"좀 그렇죠?"

한설린이 박현의 눈치를 슬쩍 보며 어색한 웃음을 지어 보였다.

"좋은데."

박현은 고개를 끄덕이며 그녀의 뒤를 따라 대문으로 향했다.

"저예요."

팅—

한설린의 목소리에 이어 대문이 열렸다.

그녀를 따라 마당으로 들어서니 고즈넉한 풍취가 은은한 조경수와 자그만 연못이 눈에 들어왔다. 서울 한복판에 이 정도의 규모의 부지가 있었나 싶을 정도로 정원은 크기는 컸다.

그녀를 따라 마당을 지나칠 때쯤이었다.

불길함이 그의 몸을 엄습했다.

신기라고 해도 좋을 만큼 그런 감정은 언제나 정확했다.

'훗—.'

박현은 미소를 감추며 주변의 기운을 살폈다. 몇몇 거친 기운이 느껴졌지만 위협이 될 만큼의 적의는 느껴지지 않았다. 하지만 뭔지 모를 끈적거림이 존재했다.

'오랜만이군. 이런 느낌은.'

뒷골목 제패를 향한 마지막 싸움, 아니 전쟁에서 그 당시 뒷골목을 지배했던 이 회장이 창고 부지에서 마지막 함정을 파놓고 자신과 현 일청파 양두희 회장, 강두철 부회장을 불렀을 때의 느낌과 판박이처럼 흡사했다.

　서늘한 미소가 그의 입꼬리에서 묻어 나오려는 그때.

　끼익―

　굳게 닫혀 있던 문이 열리고 몇 사람이 모습을 드러냈다.

　"어? 언니?"

　그녀와 닮은 한 여인이 나오자 한설린은 눈을 동그랗게 뜨며 종종 걸음으로 다가가 포옹했다.

　"언제 왔어?"

　"오늘 낮에 왔어. 오늘 가족 식사가 있다기에 저녁 먹고 가려고 남았어. 그럼 이분이……."

　한설린의 언니, 한예린이 박현을 향해 반걸음 나왔다.

　"제 사수이신 박현 경위님."

　"박현이라고 합니다."

　"한예린이라고 해요."

　둘은 가볍게 허리를 숙여 인사를 나눴다.

　"처제, 나는 안 보이는 모양이야."

　"형부."

　뒤따라 나온 훤칠한 사내가 한설린과 눈인사를 나눈 후

박현 앞으로 다가와 손을 내밀었다.

"김월이라고 합니다."

"박현입니다."

그 후로.

"처음 뵙지요. 한석민입니다."

"어서 오게."

"어서 오세요."

한석민과 한재규 회장, 박미자와 일일이 인사를 나누며 눈을 바라보았다.

'역시나.'

한재규 회장, 한석민, 그리고 사위라는 자 김월.

얼굴과 입술은 웃고 있지만 서늘한 눈빛들.

이 셋의 눈빛은 차가웠다.

특히 김월, 그의 눈에는 은은한 살심마저 언뜻언뜻 느껴졌다.

'화랑문 차남이라고 했던가?'

박현은 입술을 지그시 깨물었다.

*　　　*　　　*

한재규 회장은 박현을 거실을 지나 식당으로 안내했다.

한재규 회장과 박미자가 테이블 헤드, 상석에 앉고 그 옆으로 한석민, 한예린 부부가, 맞은편에는 박현과 한설린이 자리했다.

"식사 준비가 좀 걸린다고 하니 가볍게 식전주나 한 잔 하세."

한재규 회장은 가정부로 보이는 이를 시켜 양주를 한 병 내왔다.

"내 입이 심심할 때 한 잔 하는 술이네."

한재규 회장은 박현에게 먼저 한 잔 따라주고 다른 이들의 잔도 손수 채웠다. 박현은 술병을 받아 한재규 회장에게 술을 따랐다.

"한 잔 하지."

한재규 회장은 단숨에 한 잔을 비웠다.

"크으. 역시 술은 빈속에 마시는 게 참 맛있단 말이야."

한재규 회장은 술잔을 내려놓으며 기분 좋은 웃음을 지었다.

"너무 그렇게 마시지 마세요. 속 버려요."

한예린이 핀잔 아닌 핀잔을 애교에 녹여 그를 타박하며 술잔을 들었다.

그렇게 다들 눈으로 술잔을 마주친 후 술을 들이켰다.

"……!"

술을 마시자 독한 주향이 목을 긁으며 위장을 짜릿하게
만들었다.

"한 잔 더 들게."

한재규는 술병을 잡자, 박현은 그에 맞춰 빈 술잔을 들었
다.

"······!"

순간 박현의 눈동자가 흔들렸다.

챙그랑—

박현의 몸이 흔들리며 빈 술잔을 바닥에 떨어뜨렸다.

"어?"

가장 옆에 있던 한설린이 놀라 그를 부축하려 할 때였다.

"아가씨."

모습을 보이지 않던 경호원이 어느새 식당으로 들어서며
한설린과 박미자를 식탁에서 떨어뜨려 놓았다.

"뭐예요? 놓으세요."

한설린은 무엇인가 심상치 않음을 느끼고 거칠게 반항했
지만 경호원은 일언반구도 없이 그녀를 우악스럽게 끌어안
고는 식당 밖으로 향했다.

쾅!

한설린은 경호원의 뒷덜미와 팔을 움켜잡고는 허리를 세
웠다가 숙이며 엎어 쳤다.

"큭!"

경호원은 충격에 미약한 신음을 터트리며 재빨리 자리에서 일어났다.

"설린아!"

한재규가 그녀를 무거운 목소리로 불렀다.

"아버지!"

"나가 있어라!"

한설린이 그를 불렀지만 한재규는 엄한 목소리로 그녀의 말을 잘랐다.

콰당!

그 사이 박현은 의자에서 굴러 떨어졌다.

그는 부들부들 떨리는 손으로 힘겹게 의자를 잡고 다시 일어나려 했지만 이번에는 의자와 함께 바닥을 나뒹굴었다.

"선배!"

한설린은 박현에게 단걸음에 다가가려 했지만 어느새 모습을 드러낸 화랑문 월화랑 소속 낭도가 그녀의 앞을 가로막았다.

"누구시……."

한설린은 낯선 얼굴에 얼굴을 찌푸렸다가 그의 소매에 수놓인 반월의 표식을 보자 고개를 돌려 김월을 쳐다보았다.

"형부."

"형부 부를 거 없어. 일단 나가. 나중에 이야기해 줄게."

한설린의 말을 받은 것은 김월이 아니라 그의 부인인 한예린이었다.

"오빠."

"나가 있어."

한설린이 한석민을 불렀지만 그 역시 긴장된 얼굴로 고개를 저었다.

"크르르르르."

그때 식당 중앙에서 짐승의 울음이 울렸다.

상처 입은 짐승의 울음이기에 낮아지고 약해졌지만 포식자로서의 자존감이 살아 있는 날것의 울음이었다.

그리고 여전히 비틀거렸지만 박현이 자리에서 일어났다. 일어나서도 그의 다리는 금세라도 꺾일 것처럼 후들후들거렸지만 오롯이 자신의 힘만으로 일어선 것이었다.

"크르르르."

그의 머리카락이 은백색으로 바뀌었고, 드러난 손등에 하얀 털들이 자라나기 시작했다.

"이 낭두."

"예, 주군."

"장모님과 처제를 마당으로 모시고 장인과 처남, 안사람을 지켜라."

김월의 다급한 명령에 밖에서 대기하고 있던 월화랑 소속 낭도들이 빠르게 식당 안으로 들어와 자리를 잡으며 박현을 에워쌌다.

"이 집이 무너져도 상관없네. 확실하게 처리만 해 주게."

한재규는 구석으로 자리를 옮기며 김월에게 말했다.

"알겠습니다, 장인어른."

"뭐, 뭐예요?"

한설린은 점점 변해 가는 박현과 그를 에워싸는 월화랑 소속 낭도들을 보며 패닉에 빠진 모습이었다.

"선배!"

한설린은 갑작스럽게 악을 지르듯 그를 불렀다.

그녀 자신도 왜 그를 부른 것인지 모른다.

그냥 그렇게 해야만 될 것 같아서, 아니 무심결에 그리 외친 것이었다.

"크르르르."

박현은 고개를 들어 그녀를 쳐다보았다.

황금빛 눈동자, 은백발로 변해 버린 머리카락은 그의 뺨까지 이어져 내려와 있었다. 뾰족한 이빨이 울음을 토해내는 그의 입술 사이로 드러났다.

그녀와 눈이 마주하자.

"크르르르……, 크으으으으으!"

짐승의 울음이 사그라지며 또렷한 인간의 음색으로 돌아왔다. 동시에 뺨과 손등을 뒤덮던 은백발의 털도 빠르게 사라져 갔고, 동시에 날카롭게 변한 이빨도 다시 인간의 것으로 돌아갔다.

"……이 목소리."

여전히 고통이 남아 있는 듯 목소리가 툭툭 끊겼지만 황금빛 눈동자에는 이지가 또렷하게 담겨 있었다.

"어서 데리고 나가지 않고 뭐하나!"

이선일 낭두가 소리치자 그녀 곁에 머물고 있던 낭도가 재빨리 그녀의 허리를 팔로 감았다. 그리고 단숨에 거실로 몸을 날렸다.

팟—

동시에 박현의 신형이 그 자리에서 사라지듯 허공으로 몸을 띄웠고, 한설린을 어깨에 들쳐 멘 월화랑 소속 낭도의 앞을 가로막았다.

쑤아아아악!

월화랑 소속 낭도는 검을 뽑아 단칼에 박현의 가슴을 베어 갔다.

촤라라락!

박현은 건틀릿을 펼쳐 손에 장착하며 섬뜩한 칼날을 향

해 왼손을 펼쳤다.

카강!

건틀릿과 검 사이에 불똥이 튀었다.

'윽!'

상당한 충격에 박현은 눈살을 찌푸리며 그의 품으로 파고들며 오른 주먹으로 월화랑 소속 낭도의 복부를 후려쳤다.

"커억!"

월화랑 소속 낭도는 피를 토하며 뒤로 날아가 바닥에 처박혔다. 동시에 박현은 한설린을 낚아채 그녀의 목을 움켜잡아 세웠다.

"컥. 컥! 서, 선배……."

한설린은 목줄이 틀어막혀 박현을 바라보며 힘겹게 그를 불렀다.

"설린아!"

"린아!"

동시에 한재규와 한석민이 목소리가 터졌다.

"누구지?"

"……서, 선배! 끄으."

"너의 정체가 뭐야!"

박현은 귀청이 떨어지도록 고함을 쳤다.

*　　*　　*

부드럽게 운전하던 박수무당 조완희의 안색이 굳어졌다.

대별왕의 공수가 내려온 것이었다.

조완희는 백미러로 신어머니 신비선녀를 쳐다보았다. 그녀 역시 표정이 딱딱하게 굳어져 있었다. 그녀 역시 공수를 받았거나 아니면 어떠한 불안감을 느낀 모양이었다.

"서두르겠습니다."

조완희는 운전대를 꽉 잡으며 엑셀을 꽉 밟았다.

부아아앙—

차는 거칠고 빠르게 도로를 달려 나갔다.

그렇게 십여 분을 달려 도착한 곳은 바로 한재규 회장의 저택 앞이었다.

끼이익—

달리는 속도만큼 거칠게 차를 세운 조완희는 빠르게 차에서 내려 한재규 회장의 저택을 올려다보았다.

따라랑!

조완희는 눈을 감으며 무당방울을 흔들었다.

이어 그의 몸이 바르르 울렸고, 울림이 멈추자 그는 조용히 눈을 떴다. 그의 눈에서는 강력한 안광이 터져 나왔다.

"내 손을 잡아라."

조완희는 자연스럽게 신비선녀에게 하대하며 손을 내밀었다.

"감사합니다."

그리고 신비선녀도 당연하다는 듯 공손히 허리를 숙여 화답하며 그의 손을 잡았다.

강신을 통해 관성제군으로 화한 조완희는 신비선녀의 몸을 잡고 높은 담벼락을 훌쩍 뛰어올랐다.

*   *   *

"말해! 너 뭐야?"

박현은 한설린의 목을 더욱 억세게 잡으며 소리쳤다.

"서, 선……."

팟—

박현의 시선이 한설린에게 집중되자 김월이 은밀히 검을 뽑으며 신형을 날렸다.

쑤아아악—

김월의 검은 박현의 등을 베어갔다.

박현은 재빨리 몸을 틀어 검에 맞서갔지만 이미 반 수 가량 늦었을뿐더러 한설린으로 인해 움직임에 제약을 받고 있는 상황이었다.

캉!

아슬아슬하게 그의 검을 건틀릿으로 막아냈지만 이어진 후수를 막아내지 못했다.

서걱!

김월의 검에 박현의 허벅지에서 피가 튀었다.

"큭!"

박현의 다리가 살짝 꺾이자 김월은 발로 가슴을 밀 듯이 찼다. 박현은 몸이 붕 뜬 채 벽에 부딪혔고, 김월은 다시 거리를 좁혀 박현의 가슴을 다시 베어갔다.

박현은 양팔을 교차해 김월의 검을 막으며 옆으로 몸을 날려 거리를 만들었다.

그 사이 대낭두 유동환이 한설린을 낚아채듯 잡아 반대편 벽으로 향했다.

서걱!

그 순간 김월의 검에 박현의 가슴에 피가 튀자.

"꺄아아악!"

한설린은 풍이라도 온 것처럼 눈을 뒤집으며 비명을 질렀다.

"린아!"

한재규가 허겁지겁 다가와 한설린을 끌어안으며 바닥에

눕혔다.

뒤를 이어 한예린도 달려와 그녀를 보듬었다.

"아~~~~~."

기이하지만 청아한 소리를 내며 한설린의 몸이 한재규의
품을 떠나 허공에 떠올랐다.

"리, 린아!"

"설린아!"

한재규와 한예린이 그녀의 몸을 다시 붙잡았지만 아무
소용없었다.

아니, 오히려.

파악—

"으헉!"

"꺄악!"

무형의 힘에 둘은 튕겨져 나갔다.

그녀의 몸은 허공에서 천천히 돌아 제자리에 섰다. 그런 그
녀의 머리카락과 옷자락이 무형의 바람에 의해 나풀거렸다.

그러는 사이.

쐐애액— 서걱! 서걱! 사삭 서걱!

김월의 검날에 박현은 제대로 된 방어조차 하지 못하고
피를 뿌리고 있었다. 온몸이 피로 점철된 상황에서 박현은
무엇에 이끌린 듯 생사가 오가는 중에도 시선을 그녀에게

로 옮겨갔다.

쑤아아악!

김월은 그 상황을 놓치지 않고 박현의 배를 찔러들어 갔다.

박현은 섬뜩한 살기에 아차하는 표정과 함께 서둘러 검을 막아갔다. 하지만 김월의 검은 한 마리 뱀처럼 박현의 양손을 피해 그의 배를 찔렀다.

그의 검이 박현의 배를 꿰뚫으려는 그때였다.

후아아아아악!

묵직한 파공음과 함께 거대한 언월도가 날아와,

카강!

김월의 검을 쳐내며 그와 박현 사이에 내려 꽂혔다.

"오랜만이로구나. 월화랑."

어느새 모습을 드러낸 조완희가 언월도를 뽑으며 히죽 웃음을 드러냈다.

"조, 조 박수?"

"모두 두 아이에게서 물러나지 못할까!"

이어 신비선녀의 목소리가 쩌렁쩌렁하게 울려 퍼졌다.

*용어

1) 풍월소주(風月小主): 풍월소주. 화랑의 직급 체계는 풍월주(국선)―화랑―낭두―낭도로 되어 있다. 풍월소주는 가문의 소문주를 뜻하며 작가의 필요에 의해 창작된 직급이다.

2) 대낭두(大郞頭): 대낭두. 화랑의 하부 집단인 낭두에는 여러 직급이 존재하였다고 한다. 망두, 신두, 낭두, 대낭두, 상두, 대두, 도두 등이다. 각 직급에는 나이 제한이 있었다고 한다. 시대에 맞춰 체계가 변형되었다는 설정으로 본 소설에서는 이러한 직급을 생략, 간소화하였다.

3) 풍월주(風月主): 풍월주. 화랑도의 수장의 호칭으로 국선(國仙)이라고 불리기도 한다. 풍월주는 화랑세기에서 등장한 호칭으로 화랑세기가 위작이라는 주장과 함께 허구의 호칭이라는 주장도 있다. 본 소설에서는 풍월주의 호칭을 사용하기로 하였다.

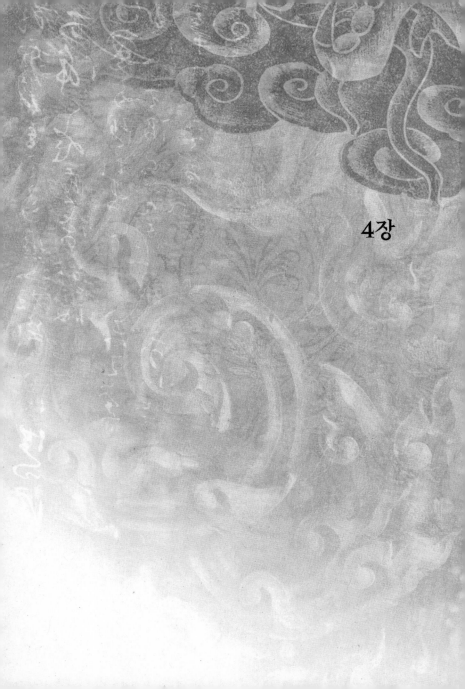

4장

"신비 만신님. 오랜만입니다."

월화랑, 김월은 애써 표정 관리를 하고는 검날을 돌리며 허리를 굽혔다.

"오랜만이로구나."

"허나. 이 일은 본문의 일이옵니다. 외람되오나 만신께서는 물러나심이 옳을 줄 아옵니다."

김월은 허리를 펴며 명확히 선을 그었다.

"잘못 알고 있구나. 내 가족의 일이다."

"......?"

신비선녀는 고개를 돌려 크게 소리쳤다.

"미자는 어디 있느냐!"

그 소리에 쿵쾅거리는 소리와 함께 박미자가 허겁지겁 안으로 뛰어들어 왔다.

"이모님."

하얗게 창백한 얼굴로 박미자는 신비선녀에게로 다가갔다.

"이, 이모님?"

"여, 여보!"

"엄마!"

곳곳에서 경악에 찬 목소리들이 치고 올라왔다.

"우, 우리 아이. 우리 막내가…….."

박미자는 눈물을 주르르 흘리며 한설린에게로 달려가려 했지만 신비선녀가 그녀를 가로막았다.

"지금 가면 안 된다."

"이모님."

"나를 믿어라. 뒤로 물러나 있어."

"……네."

박미자는 주먹을 꼭 말아 쥐며 고개를 끄덕였다.

"너도 물러나거라."

신비선녀의 말에도 김월은 한재규와 눈빛을 교환하며 물러나지 않았다.

후우우우웅!

박수무당 조완희는 언월도를 뽑아 김월의 허리를 향해 휘둘렀다.

"헛!"

그가 다짜고짜 언월도를 휘두를지 몰랐던 김월은 헛바람을 터트리며 재빨리 뒤로 물러났다.

쿵!

조완희는 다시 언월도를 바닥에 찍어 꽂은 후 김월을 향해 어깨를 으쓱 들어올렸다.

"이익!"

김월이 발끈하려는 그때 신비선녀는 그를 지나쳐 허공에 떠있는 한설린을 향해 다가갔다.

"너로구나."

상기된 얼굴로 그녀를 올려다보는 신비선녀의 목소리에는 한이 서려 있었다.

신비선녀는 소매로 눈물을 훔치며 고개를 돌려 피투성이로 벽에 힘겹게 서 있는 박현을 쳐다보았다.

"다시 뵙습니다."

신비선녀는 정중하게 허리를 숙여 인사를 건넸다.

"그다지 좋은 상황은 아니로군요."

박현은 쓴웃음과 경계를 지우지 않으며 인사를 받았다.

"쾌차하실 겁니다. 당신에게는 신을 모시는 이 아이가 있으니까요."

신비선녀는 뒤로 두어 걸음 물러나 둘 사이에 길을 텄다.

"가세요. 그대의 신에게."

신비선녀는 신의 목소리를 담아 말했다.

"아―. 나의 신이여. 상처 입은 신이여."

한설린은 갑자기 눈물을 펑펑 흘리며 박현에게 날아가 그를 품에 꼭 안았다.

갑작스러운 그녀의 행동에 박현은 피하려 했지만 이상하게도 발걸음이 떼어지지 않았다. 오히려 그녀의 품 안에서 잠시 멍해져 있던 그는 포근함에 눈을 스르르 감았다.

"아―."

박현의 몸에서 날뛰던 신기가 갑자기 착 가라앉으며 마치 어머니의 손길처럼 그의 몸을 부드럽게 어루만졌다.

한 번도 본 적 없는 엄마.

단 한 번도 불러보지 못한 그 이름.

박현의 눈에 눈물이 주르르 흘렀다.

"나의 신이시여. 그대의 고통은 내가 가져가겠습니다."

천상의 것처럼 울리는 그녀의 목소리에 피가 흥건한 박현의 상처가 서서히 아물어 갔다.

"아―."

"무, 무슨!"

믿기지 않는 그 모습에 다들 눈을 화등잔처럼 크게 뜨고 그 광경을 바라보았다.

박현의 상처가 아물어 가면서 피어난 빛무리는 상처가 다 아물자 마지막 불꽃처럼 화악 퍼졌다가 사라졌다. 그리고 한설린은 정신을 잃고 그 자리에서 무너져 쓰러졌다.

"서, 설린아!"

박미자가 비명을 지르듯 그녀를 불렀다.

"너무 걱정 말아라. 고통을 짊어져서 정신을 잃은 것뿐이니. 일단 편히 쉴 수 있게 방에 눕히어라."

신비선녀의 말에 박미자가 집사를 시켜 한설린을 방에 눕히고 내려왔다.

"하루 이틀 안으로 깨어날 것이야. 몸이 많이 좋지 않을 것이니."

신비선녀는 품에서 자그만 호로병을 꺼내 박미자의 손에 쥐여 주었다.

"정신이 들면 이걸 먹여라."

"네."

박미자는 손에 쥔 호로병을 꼭 쥐었다.

"한 서방."

"예, 예?"

한재규는 그답지 않게 당혹스러움을 감추지 못했다.

"늦었지만 이제야 인사를 나누네. 내 미자 친이모일세."

"……한재규입니다."

한재규는 박미자의 눈을 마주친 후 엉거주춤하게 허리 숙여 인사했다.

"인사 올려라. 이모 할머니시다."

박미자의 말에 한석민과 한예린, 김월이 어정쩡하게 허리를 숙였다.

"우리 할 말이 많을 것이야."

신비선녀는 고개를 돌려 멍하니 천장을 올려다보고 있는 박현을 쳐다보았다.

"박현 님."

"……."

박현은 마치 막 꿈에서 깬 것처럼 눈을 껌뻑이며 신비선녀를 바라보았다.

"하고 싶은 말씀이 많으실 겁니다."

서서히 정신을 차린 박현은 전후 사정을 파악하며 표정을 굳혔다.

"저와 제 신아들의 얼굴을 보아서라도 노여움을 잠시 가라앉혀 주시지요."

신비선녀는 허리를 깊게 숙이며 청했다.

"부탁한다."

조완희도 부탁했다.

분노가 치밀어 올랐다.

"박현 님과도 관련된 일이옵니다."

그녀는 자신이 모르는 자신에 대해 알고 있음이 분명했다.

박현은 주먹을 꾹 말아 쥐며 애써 분노를 가라앉혔다.

"알았습니다."

"큼. 일단 거실로 가시지요."

한재규는 헛기침으로 분위기를 환기시키며 거실로 그들을 안내했다.

상석에는 신비선녀가 앉고 좌우로 한재규 식구들이, 반대편에는 박현과 조완희가 자리했다.

"친이모가 맞소?"

한재규는 여전히 못 믿겠다는 듯 딱딱한 목소리로 박미자에게 물었다.

"어머니께 가족이 있다는 소리를 못 들어봤어요."

한예린도 못 믿겠다는 듯 한재규의 말을 거들었다.

"내 원래 이름은 천미자란다."

박미자의 대답에 한재규는 눈을 감았다.

"월화랑도 알다시피 우리 가문은 모계 가문이다. 아비의 성을 잇지 않고 어미의 성을 잇지."

"그럼 박씨 성은?"

"친아버지의 성이에요."

"흠."

한재규는 묵직한 침음을 삼켰다.

"우리 가문에는 대대로 내려오는 비밀이 있다네. 그리고 고귀한 혈통도 있어. 미자는 혈통을 잇지 못했고, 가문에서 버림받다시피 도망쳐 나갔네."

"그 혈통이라는 게⋯⋯."

한석민이 조금 전 이해할 수 없는 한설린의 모습을 떠올리며 물었다.

"한 서방."

신비선녀는 그 목소리를 무시하며 한재규를 불렀다.

"예."

"우리는 가족인가?"

그 말에 한재규는 잠시 침묵을 지키다가 고개를 끄덕였다.

"천륜을 어길 수는 없는 법이지요."

"우리가 가족이냐?"

신비선녀는 고개를 돌려 한석민과 한예린을 쳐다보았다.

"다시 인사 올릴게요. 장녀 한예린입니다."

"한석민입니다."

둘은 자리에서 일어나 신비선녀에게 인사를 올렸다.

"월화랑."

신비선녀는 고개를 끄덕여 둘의 인사를 받은 후 김월을 쳐다보았다.

"한예린의 가족이라면 제 처가이기도 합니다."

김월은 목소리는 마지못해 대답하는 투였다.

그 말에 신비선녀는 고개를 저었다.

"자네는 화랑문의 사람인가, 아니면 한가의 사람인가?"

그 말에 김월의 표정이 바뀌었다.

"화랑문의 사람이면 처를 데리고 일어나게."

김월의 미간에 주름이 파였다.

천가의 비밀.

그 비밀에 관해 입을 열 것이다.

또 그 비밀이 매우 중하다는 의미.

한예린이 김월의 손을 꼭 잡았다.

"화랑문이지만 한가의 사람이에요."

"화랑문에 한바탕 피바람이 불겠구나."

신비선녀는 그 모습에 모든 걸 짐작하며 고개를 끄덕였다.

"가문의 비밀이 새어 나간다면 내 모든 걸 걸고 파멸시킬 것이야. 지키지 못할 자는 나가거라."

아무도 자리에서 일어나지 않았다.

"모두 밖에서 대기해."

김월은 혹시나 몰라 대기하고 있던 월화랑 낭도들을 밖으로 물렸다. 한재규 회장도 집사를 시켜 모든 사람들을 밖으로 물렸다.

　　모든 눈과 귀가 사라지자 신비선녀는 감고 있던 눈을 뜨며 천천히 입을 열었다.

　　"우리 가문은 수천 년을 이어 신을 섬기는 가문이네."

　　"신?"

　　"그리고 그 신의 핏줄을 이어주는 가문이지. 즉, 신의 아이를 낳아주는 가문이야."

　　뭔가 대단한 비밀이라도 나올 줄 알고 긴장하고 있던 이들은 맥이 탁 풀린 듯 허탈한 표정을 지어 보였다.

　　"……그게."

　　한재규.

　　"내 말을 끝까지 들으시게."

　　신비선녀는 잠시 뜸을 들인 후 다시 입을 열었다.

　　"하지만 우리가 모시는 신은 잡다한 신들이 아니다. 오로지 천외천의 신만 모시지."

　　신비선녀는 고개를 돌려 박현을 직시하며 말을 마쳤다.

*　　　*　　　*

"지, 지금 무슨 말씀을 하시는 것인지……, 하아—, 만신께서 그걸 모를 리 없지요."

김월은 놀랄 힘도 없었던지 말을 주저리주저리 내뱉다가 깊은 한숨과 함께 고개를 절레절레 저으며 박현을 쳐다보았다.

"조 박수. 알고 있었습니까?"

그리고는 비교적 담담한 표정을 짓고 있는 박수무당 조완희에게 물었다.

"어느 정도는."

"하하, 천외천이라니. 하하하하."

김월은 허탈한 웃음을 터트렸다.

하지만 이 자리에서 가장 당황스러운 것은 누구도 아닌 박현이었다. 겨우 자신이 인간이 아니라는 사실을 받아들였는데 천외천이라니. 거기에 한설린이 자신의 피에 이끌린 무녀란다.

"……."

박현은 신비선녀를 쳐다보았다.

"말씀하세요."

신비선녀는 그 눈빛의 의미를 알고는 말을 받아주었다.

"……."

박현은 막상 그녀를 불렀지만 무슨 말부터 꺼내야 할지

몰랐다.

"못 믿기시겠지만 사실입니다."

"......"

"우리 가문의 피는 특이하지요. 박현 님도 보시고 느꼈지요? 마치 어머니의 품처럼 따뜻하지 않으셨나요?"

수긍하기 어려웠지만 사실이었기에 박현은 고개를 끄덕였다.

"그리고 박현 님의 고통도 그 아이가 짊어졌지요."

그 말에 박미자와 한재규의 표정이 다시금 어두워졌다.

"어쩔 수 없는 일이다. 그 아이의 숙명이니."

신비선녀는 박미자와 한재규를 번갈아보며 말했다.

"그 아이는 박현 님으로 하여금 인간으로서의 삶을 살아갈 수 없게 되었습니다."

"그게 무슨 소리입니까?"

한재규가 깜짝 놀라 끼어들었다.

"인간이 신과 어울릴 수 없네. 설린이는 인간의 껍질을 벗고 있는 중이야."

"그럼 그 아이는 어떻게 되는 겁니까?"

이어진 질문에 신비선녀는 고개를 저었다.

"그건 나도 모르네. 어느 신을 섬기느냐, 그 신이 얼마나 많은 사랑을 주느냐에 따라 다르네. 그리고 솔직히 우리 가문에서 백호를 모신 적이 없었다네. 그래서 앞으로 어찌될지는 본녀도 알 수 없네."

한재규는 불안함에 떠는 박미자를 팔로 꼭 안았다.

"그래도 너무 걱정하지 말게나. 인간의 껍질을 벗는다하여도 인간의 본질마저 버려지는 것은 아니니."

"하아—."

김월이 깊은 숨을 내쉬었다.

"만신님. 앞으로 어떻게 되는 겁니까?"

"어떻게 되다니?"

"아니 말을 정정하죠. 이렇게 말씀을 하시는 것을 보면 앞으로 우리가 어떻게 해야 하는 겁니까?"

"몰라서 묻는 것이냐?"

신비선녀는 김월을 빤히 쳐다보며 물었다.

"너희는 봉을 잡았다. 아니지, 봉황과 척을 져야 하니. 천운을 움켜잡은 것이다."

김월의 표정이 순식간에 딱딱해졌다.

"봉황이 이 사실을 알면 가만히 있겠느냐?"

물어보나 마나다.

"너희는 박현 님의 울타리가 되어줘야 한다. 박현 님이 진정한 눈을 뜨는 날, 너희는 그와 함께 하늘로 오를 것이야."

신비선녀는 확고한 목소리로 말을 하고는 자리에서 일어

나 박현을 쳐다보았다.

"미천한 신녀가 감히 청을 올립니다. 원한을 쉽사리 잊기란 요원하시겠지만 바다처럼 넓고 깊은 아량으로 이들을 용서해 주시옵고, 손을 내밀어 주시옵소서."

박현의 표정은 다시 묵직해졌고, 신비선녀는 그런 그를 향해 허리를 깊게 숙였다.

그리고 허리를 펴지 않았다.

대답을 듣기 전에는 허리를 펼 생각이 없어 보였다.

"신비선녀 님."

박현이 아무리 독단적이고 자기중심적이며 양두희와 강두철을 휘하에 거느리고 있는 것처럼 나이의 고하에 무디다고는 하지만 신비선녀의 배례는 달랐다.

"부탁드립니다."

신비선녀는 더욱 허리를 숙였다.

"……생각을 해보지요."

박현은 대답을 피했다.

"부디 넓은 아량을 보여주시기를 바라옵니다."

상황이 상황이라 자리가 마련되었지만 불과 조금 전까지만 해도 서로의 목숨을 노리던 적이었다. 분위기는 한결 더 불편해졌다.

"일단 저는 이만 일어나 보겠습니다."

박현이 자리에서 일어났다.

"박현 님."

신비선녀가 그를 불렀다.

"무슨 말씀을 하시려는지 잘 압니다. 진지하게 고민을 해 보겠습니다. 그럼."

박현은 신비선녀에게 가볍게 고개를 숙여 인사하고는 그대로 거실을 빠져나갔다.

마당으로 나가니 검은 양복을 입은 정보4팀과 월화랑 소속 낭도들의 시선이 박현에게로 쏠렸다.

싸늘한 적의.

수십의 적의는 애써 억누른 분노를 다시 일깨웠다.

"비켜."

신비선녀 때문에 예의를 차린 것이지 그녀가 없는 지금은 아니다. 박현은 대문을 향한 길목을 은근히 가로막고 있는 이들을 향해 차갑게 말했다.

"이익!"

선명한 적대감에 월화랑의 한 낭도가 발끈하려 했지만.

"길을 터줘라."

대낭두 유동환의 목소리에 월화랑 낭도들은 박현을 노려보며 한두 걸음씩 물러나며 길을 텄다.

"홋."

박현은 그런 그들의 시선에 코웃음을 치며 대문을 열고 나왔다.

"같이 가."

언제 따라 나왔는지 조완희가 뒤를 따라 밖으로 나왔다.

"뭘 그렇게 눈치를 보나? 조 박수답지 않게."

박현은 깜깜한 밤하늘을 올려다보며 말했다.

"솔직히 지금 상황이 껄쩍하잖아. 박 형사, 자네도 평소답지 않고."

"하긴. 내 성질에 깨지더라도 머리를 내미는 게 맞기는 하지."

박현은 피식 웃음을 삼켰다.

"그런데 왜 그랬어?"

"내가 그랬으면 너 입장에서 어지간히 좋았겠다."

"좋지야 않지만 나는 네 편이다."

박현은 주머니에 손을 꽂은 채 발로 바닥을 긁으며 말하는 조완희를 쳐다보았다.

"신어머니가 내 적이라도?"

"신어머니도 소중하지만 나의 몸주의 공수가 더 엄중하다."

"……."

조완희는 고개를 들어 박현과 눈을 마주했다.

"나는 너와 함께 간다. 그러니까 살살 걸어가라. 나는 가시밭길보다 꽃길이 좋다."

진지함을 가벼운 농으로 마무리한 조완희.

박현은 피식 웃음을 터트리며 차로 걸어갔다.

*　　　*　　　*

박현과 조완희가 자리를 뜨고 남은 거실.

무겁고 복잡한 분위기가 거실을 덮고 있었다.

"나도 그만 일어남세."

신비선녀가 자리에서 일어났다.

"판단은 그대들 몫이지만 이거 하나는 명심하게. 가문의 비밀은 목이 날아가도 지키시게."

"이모님."

박미자가 함께 자리에서 일어났다.

"나올 것 없다. 설린이가 정신을 차리면 함께 찾아오너라."

신비선녀는 치맛자락을 잡아 올리며 거실을 성큼성큼 걸어 나갔다.

그녀마저 자리를 뜨고.

"아버지."

한석민이 한재규 회장을 불렀다.

"흠."

한재규 회장은 팔짱을 끼며 깊게 신음했다.

"여보."

박미자가 미안한 목소리로 그를 불렀다. 한재규는 그런 그녀를 바라보며 입을 열었다가 고개를 저으며 한숨을 내쉬었다.

"나중에 이야기합시다."

한재규는 김월을 쳐다보았다.

"김 서방."

"예, 장인어른."

"천외천이라는 거. 내가 아는 그 천외천이 맞는가?"

"그렇습니다."

천외천의 의미는 단순히 그들이 신에 가까운 존재임을 뜻하는 것만이 아니었다. 그들은 적게는 나라에서 크게는 대륙의 지배자들이었다.

"자네 생각은 어떤가?"

"솔직히 저도 잘 모르겠습니다."

김월도 고개를 저으며 복잡한 표정을 드러냈다.

"그래도 뭔가 우리보다는 많이 알 거 아니에요."

한예린이 그를 보챘다.

"사실 검계 내부에서도 무가, 정확히는 만신 신비선녀

가문에 대해 이런저런 말들이 많았습니다. 과거에는 봉황회의 밀정이 아닌가 의심했다는 자료들도 상당수 있구요."

김월은 박미자의 눈치를 슬쩍 보며 말을 이어갔다.

"그도 그런 것이 무가 천가의 포지션은 지금까지도 상당히 애매합니다. 봉황회와 매우 밀접하죠. 봉황회에서 천가를 대하는 것도 묘합니다. 품에 안으면서도 일정 부분 밀어내는 듯한 인상이 상당합니다."

"어느 정도 이해가 되는군요."

한석민이 고개를 끄덕였다.

"나도 이제 알겠어. 봉황의 입장에서는 어렵게 한반도의 지배자가 되었으니 그들을 가까이 두면 자신의 자리를 위협하는 천외천의 존재를 미리 파악할 수 있으니까."

"그리고 반신이나 영신 일족들은 천가를 이용해 천외천의 존재를 배출하고 싶은 욕심들도 있었겠지요."

"어찌 되었든 천가의 맥이 끊어졌다 여겼는데……."

김월은 말을 하다 말고 입을 닫았다.

"만약 그가 천외천의 힘을 드러낸다면 어찌되나?"

한재규 회장의 질문이 이어졌다.

"한반도에 엄청난 폭풍이 몰아칠 겁니다."

한재규 회장은 그 대답에 고개를 저었다.

"최상의 결과는 박……, 그가 이 땅의 지배자가 되는 겁

니다. 차선은 지배권이 양분되는 것이겠지만 봉황의 성향
상 그건 힘들 것 같고, 최악은 죽음 내지는 소멸이겠지요."

김월은 자신들의 처지를 풀어 달지 않았지만 그것만으로
도 충분했다.

"흠."

"아버지."

한예린이었다.

"……?"

"설이는 우리집 막내예요. 그가 어떤 존재이든 중요하지
않아요. 중요한 건 그가 막내의 짝이라는 거죠."

"갑작스럽고 당황스러워 뭐가 뭔지 잘 모르겠지만 예린
의 말이 틀리지 않았다 여겨집니다."

한석민도 말을 덧붙였다.

한재규는 고개를 들어 천장의 전등을 바라보다 눈을 감
았다.

"장인어른."

"말하게."

"이기적이라고 해도 좋습니다. 한 말씀 올리겠습니다."

김월은 목소리는 딱딱했다.

"백호는 호족의 왕입니다. 호족은 봉황에서도 상당한 영
향력을 자랑하는 최상의 일족입니다."

"호족이라."

"봉황의 영신이나 반신들이 직접적 영향력을 표출하지 않을 뿐이지 그들의 힘이 표출된다면 그 힘은 무시하지 못할 정도로 막강합니다."

"그래서?"

"장인어른을 포함해 그 누구도 처제를 버리지 않을 것을 잘 압니다. 그래서 반쯤은 ……박 경위를 가족으로 받아들일 수밖에 없다고 생각들 하고 있을 거라 생각합니다."

"……."

"……."

"……."

모두들 생각에 잠겼는지 아무런 반응을 보이지 않았다.

"제가 말을 좀 횡설수설했지만 요지는 단 하나입니다. 그와 함께 꿈을 이룬다면 우리는 천년의 가문이 될 수 있습니다."

"가족이라. 화가 굴러들어온 것인가? 아니면 복이 굴러온 것인가?"

"복이든 화이든 피할 수 있는 상황이 아니지 않습니까."

한석민의 말에 한재규 회장은 고개를 끄덕였다.

"아버지도, 어머니도, 누님도, 저도 설이를 버리지 못합니다. 그가 무엇이든 복이라 생각하고 함께 달려 나갈 수밖에 없습니다."

"적에서 사위라. 이거 참. 허허허."

한재규 회장은 씁쓸한 웃음을 터트렸다.

"꼬인 실타래부터 풀어야겠군."

"제가 한번 만나 보겠습니다."

한석민이었다.

"저도 함께 나가겠습니다, 장인어른."

"그래, 뭐가 되든 일단 만나는 봐야겠지."

한재규 회장은 고개를 끄덕여 허락했다.

*   *   *

"부사수가 그리 보고 싶냐?"

강력1팀장 강철민이 멍하니 앉아 있는 박현의 어깨를 엉덩이로 툭 밀며 짓궂은 표정을 지었다.

"……?"

박현은 그의 말을 못 알아들은 듯 그를 올려다보았다.

"맞네. 맞아."

그 모습을 본 황원갑 경사가 더욱 짓궂은 농을 던졌다.

"그렇게 보고 싶냐?"

"하긴 사내끼리도 그리 붙어 다니면 정이 쌓이는데 꽃다운 청춘남녀가 정분이 안 나면 그게 더 이상하지."

"한 경위가 좀 예뻐야 말이지. 하하하하."

어젯밤의 일로 한설린이 병가를 낸 상태였고, 자신은 혼란스러움에 일에 집중하지 못하고 있었다. 그걸 오해하고 놀리는 것이었다. 연신 덧대지는 말들에 박현의 인상이 딱딱하게 변했다.

"어이구. 참, 나 외근이 있었지?"

박현의 서늘한 표정에 그를 놀리던 이들이 화들짝 분주하게 일을 찾아 흩어졌다.

어수선한 상황에 말끔하게 차려입은 한석민이 안으로 들어왔다.

"누구…… 헉!"

강철민 팀장이 그를 알아보고는 놀란 목소리를 터트렸다.

"한 경위 오빠 되는 사람입니다."

한성그룹 후계자로서 한재규 회장 못지않게 매스컴을 탄 그였기에 형사과 형사들도 그를 알아볼 수밖에 없었다.

한석민은 정중하게 일일이 목례를 취하고는 박현 앞으로 다가왔다.

"잠시 이야기 좀 할 수 있을까?"

"며칠은 걸릴 줄 알았습니다."

차가운 박현의 태도에 한석민은 어색한 웃음을 지었다.

"설이는 우리 가족에게 소중한 막내야."

"그런 분들이……."

박현은 차갑게 반응을 하려다가 모든 귀가 자신과 한석민에게로 쏠려 있는 것을 알아차리고는 자리에서 일어났다.

"나가시죠."

박현이 성큼 형사과를 나가고.

"박 경위를 좀 빌리겠습니다."

"괜찮습니다. 어차피 책상에 앉아 빈둥거리는 놈인데……, 편히 마음껏 쓰십시오. 하하하."

강철민 팀장은 어색한 웃음을 띤 채 아부 아닌 아부로 허락했다.

"그럼."

한석민은 정중하게 허리 숙여 인사한 후 박현을 따라 형사과를 나섰다.

"뭐야? 진짜 그렇고 그런 사이였어?"

"이야. 굼벵이도 기는 재주가 있다고 하더니 진짜 저 목석이……."

전부 놀랐다는 듯 한마디씩 내뱉었다.

"그게 중요한 게 아닙니다."

김완 경장이 어안이 벙벙한 얼굴로 말했다.

"그게 안 중요하면 뭐가 중요해? 안 그렇습니까, 팀장님?"

"그렇지."

"아, 진짜! 그게 중요한 게 아닙니다."

김완이 버럭 소리치듯 다시 말했다.

"너 뭔데 갑자기 소리를 지르고 지랄이야?"

"방금 한 전무께서 한 경위를 설이라고 하지 않았잖습니까?"

"그러니까 한설린이 오빠가 한 전무……."

그 말을 당연하다는 듯이 되읊는 사수 김한영 경위가 말을 하다 말고 들고 있던 서류철을 바닥에 툭 떨어뜨렸다.

"하, 한 경위가 한성그룹 여, 영애였어?"

강철민 팀장이 의자에 털썩 주저앉으며 중얼거렸다.

그 중얼거림은 더욱 크고 짙고 무거운 침묵을 만들어냈다.

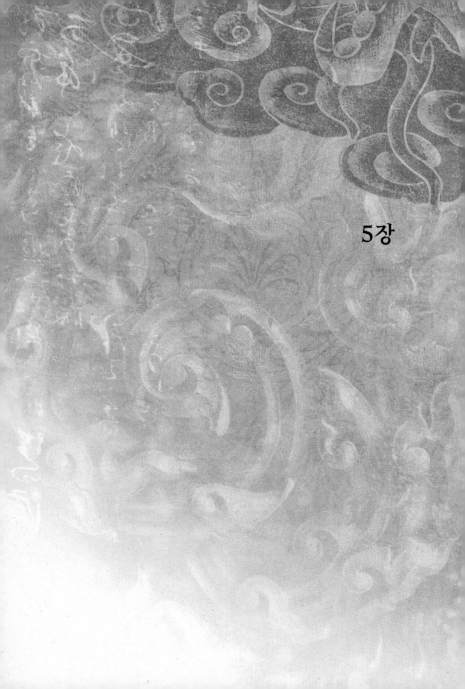

5장

주차장으로 나가자 김월이 박현을 기다리고 있었다. 김월은 박현과 눈을 마주하자 가볍게 고개를 숙여 아는 체를 했다.

박현은 미간을 찌푸리며 걸음을 멈췄다.

"그래도 인사는 나누는 게 좋지 않을까?"

어느새 따라온 한석민이 박현을 향해 가볍게 타박했다.

"우리가 살갑게 인사를 나눌 사이는 아니지 않습니까? 그건 그쪽도 마찬가지입니다."

"거참, 어려운 친구로군."

한석민은 부드러운 미소를 일관하며 걸음을 내디뎠다.

"타게."

한석민은 독일사 미니 승합차로 그를 안내했다.

승합차 실내는 기본 차량과 달리 마치 회의실을 가져다 놓은 것처럼 꾸며져 있었다. 박현은 승합차 실내를 한 번 쭉 훑으며 안으로 올라탔다.

이어 셋은 의자를 잡고 마주 앉았다.

"표정을 풀면 안 되겠나?"

김월이 이마에 주름을 잡으며 싸늘한 분위기를 풀풀 풍기는 박현을 향해 말했다.

"서로의 목을 뜯겠다고 싸운 게 하루도 지나지 않았어. 그리고 기본적으로 나는 사람을 쉽게 용서하지도 못하는 타입이기도 하고, 또 상황이 변했다고 쉽게 사람을 믿는 어리숙한 타입도 아니야. 나는 아직 당신들을 몰라."

박현의 목소리는 한없이 차가웠다.

"그리고 한 경위. 아니 한설린. 그녀 때문에 이러는 모양인데……, 나는 그녀가 어떻게 되든 상관없어."

김월은 팔짱을 끼며 미간에 주름을 만들었고,

"음."

한석민은 무거운 침음을 내뱉었다.

박현의 성격을 어느 정도 조사했기에 성향을 알고 있었지만 생각 이상으로 벽을 치고 있어 난감하기 짝이 없었다.

"그리고 천외천? 내가 그거라서 그러는 건가 본데."

박현은 '천외천'의 단어에 순간 표정이 변화를 보이는 둘을 보며 다시 입을 열었다.

"솔직히 말하지."

김월이 입을 뗐다.

"우리는 한설린 때문이라도 너와 함께할 수밖에 없다."

"끈끈한 가족애에 눈물이라도 흘려줘야 하나?"

박현은 팔짱을 끼며 김월을 쳐다보았다.

"내가 가문을 등지고 한가의 사람들을 진짜 가족으로 받아들인 건 바로 이 끈끈한 사랑 때문이었다."

"그 사랑에 남들의 목숨은 중요하지 않고?"

박현의 싸늘한 반문.

"하늘에 맹세코 처음이었다. 적어도 아버지와 나는 인간적 도의에서 벗어난 일은 한 적이 없었다."

"내가 처음이었다고? 그걸 믿으라고?"

박현의 코웃음에 한석민은 고개를 저었다.

"믿지 않아도 된다. 그렇다는 거다. 변명이라 해도 좋아, 그 순간만큼은 우리에게도 어쩔 수 없었으니까."

그 말에 박현의 표정은 더욱 싸늘하게 바뀌었다.

"그대들의 영달을 위해?"

"부정하지 않겠어. 하지만 절반은 우리 그룹에 적을 둔 가족들을 위한 마음도 없지는 않다."

한석민은 박현의 시선을 피하지 않았다.

"표정을 보니 무슨 말을 해도 믿지 않겠군."

김월이 쓸쓸한 표정으로 말했다.

"맞아."

"다 잊고 이거 하나만은 믿어줘."

"……?"

"과거는 어쨌는지 몰라도 우리는 적이 아니다. 될 수 없다고 해야 하나? 더 나가 우리는 너의 편이 될 거다."

"하."

박현은 어이없는 웃음을 삼켰다.

"당장은 적이 아니라는 것만 기억해 두지."

박현이 딱 잘라 말했다.

"그래. 그걸로 시작하지."

김월은 고개를 끄덕였다.

"이제 대화 끝인가?"

김월은 고개를 돌려 한석민을 쳐다보았다.

"설린이 정신을 차리면 병문안 한번 와 주게."

"불가."

박현은 단숨에 거부했다.

"나는 당신들을 용서한다는 말을 꺼내지 않았어. 복수의 칼날을 꺼낼지 어쩔지는 아직은 나도 모르겠어. 그러니 기다려, 아니 알아서들 해."

일방적으로 대화를 끊고 자리에서 일어나려는 그때였다.

"안 됩니……."

"어어?"

"막아!"

"음? 어? 어어어?"

덜컹—

차 밖으로 약간의 소란이 일더니 차문이 열렸다.

"나 왔어야."

도깨비 서기원이 헤벌쭉 웃으며 고개를 내밀었다.

"……서 두령?"

"오잉?"

서기원은 김월을 보자 눈을 동그랗게 떴다.

"월화랑?"

"서 두령이 여기에는 어떻게……."

김월은 서기원과 박현을 번갈아보며 물었다.

"나 친해야."

서기원은 손가락으로 박현을 가리키며 말했다.

"나가지."

박현은 서기원을 가볍게 밀치며 차 밖으로 나왔다.

"쟈가 여긴 어인 일이야."

"나중에 알려 주지."

박현은 서기원의 등을 밀어 차에서 멀어졌다.

"근데 여긴 어쩐 일이야?"

"……그게 말이어야."

서기원은 갑자기 손가락을 꼬물꼬물거리며 박현의 눈치를 슬쩍 살폈다.

"헤헤헤헤."

서기원은 눈을 껌뻑껌뻑였다.

"뭐지?"

"나가, 거 뭐시기……. 술을 좋아하는디……. 그 어제 말이어야. 나가 어쩌다 보니 거 거시기……. 호 두령이랑 한잔했는데 말이어야."

"호 두령?"

"갸를 알아야?"

서기원이 갑자기 환한 얼굴을 하며 물었다.

"모르지."

"그렇지야? 모르지야."

서기원은 고개를 푹 숙이며 다시 손가락을 꼬물꼬물거렸다.

"호 두령은 누군데?"

"갸도 술을 엄청 좋아해야."

"……."

박현은 아무런 대꾸도 없이 서기원을 지그시 바라보았다.

그 눈빛에 서기원은 눈을 질끈 감으며 말했다.

"호족 차기 족장이어야."

박현의 눈이 가늘어졌다.

"그러니까, 술자리에서 내 이야기가 나왔고, 그로 인해 호족들이 나에 대해 알았다. 그 말이지?"

"내가 잘못했어야."

서기원이 고개를 숙였다.

박현은 그가 했던 말이 떠올랐다.

"서 두령."

"그냥 기원아~ 라고 해야. 내가 거시기한 것도 있고, 그냥 친구 해야."

"뭐 그거야 어찌 되든. 분명 나한테 말했었지."

"뭐를야?"

"내가 호족들의 왕이라는 말."

"맞아야. 백호는 호족들의 왕이자 신이어야."

"왕이자 신이라."

왕은 백호 그 자체를 말하는 것일 것이고, 신은 천외천의 백호를 가리키는 것이리라.

박현은 여전히 떠나지 않고 있는 승합차를 슬쩍 쳐다보았다.

어제의 일은 어쩌다 보니 신비선녀와 한설린을 반쯤 인질 삼아 잘 풀렸지만 앞으로도 계속 그런 행운이 따르리라는 보장은 없다. 아니 없을 것이다.

더욱이 신비선녀의 말처럼 자신의 존재를 봉황이라는 이들이 알게 되면 목숨을 부지하기 어려울 터.

'살아남으려면 힘이 필요해.'

가장 좋은 것은 자신이 진체를 의지하에 두고 천외천의 힘을 깨우는 것이겠지만 자신은 아직 걸음마도 떼지 못한 애송이었다.

'내가 믿을 수 있는 이들이 필요해.'

저들이 자신의 사람이 아니며, 자신의 힘이 아니듯 자의를 벗어난 힘은 자신의 힘이 아니었다.

"만나겠다고 전해 줘."

박현은 입꼬리를 살짝 말아 올렸다.

"그랴. 힘들겠지……. 음? 아? 엉?"

서기원은 자신이 잘못 알아들었다는 듯 고개를 연신 갸웃거리더니 눈을 동그랗게 떴다.

"진짜어야? 만나야?"

"그래. 약속 잡……."

"역시 니는 내 친구어야. 나가 그럴 줄 알고 약속 잡아놨어야. 가야."

서기원은 그 자리에서 덩실덩실 뛰며 박현의 소매를 잡고 경찰서 밖으로 향했다.

                    *   *   *

풍경이 휙휙 지나갔다.

그건 마치 눈앞에 사진 수십 장을 빠르게 펼치는 것처럼 느껴졌다.

처음에는 당황스럽고, 무엇보다 어지러워 정신을 차리지 못했지만 어느 정도 적응이 되자 대강 상황이 파악되었다.

"이거 축지인가 뭔가 그건가?"

"맞아야."

서기원은 박현을 보며 푸근한 미소로 고개를 끄덕였다.

"음? 헉!"

박현은 갑자기 시원하게 뻗어 있던 장면이 커다란 벽으로 바뀌었다.

쾅!

"쿠엑!"

서기원은 아주 두꺼워 보이는 시멘트 벽에 정통으로 처

박히며 뒤로 튕겨나갔다. 박현은 다행히 서기원을 완충지 삼아 가뿐히 자리에 안착할 수 있었다.

"우메, 깨비 죽네. 깨비 죽어."

서기원은 양손으로 머리를 부여잡고 바닥을 나뒹굴었다.

"안 죽어."

박현은 팔짱을 끼고 바닥을 뒹구는 서기원을 한참이나 내려다보다 결국 참지 못하고 발로 옆구리를 툭 쳤다.

"말이 그래야. 진짜 아파야. 혼이 날아가는 줄 알았어야."

서기원은 소매로 눈물을 훔치며 자리에서 일어났다.

"근데 여는 어디다야?"

서기원은 눈을 동그랗게 만들어 주변을 훑어보며 말했다.

박현의 이마에 굵은 힘줄이 불룩 솟아났다.

*　　　*　　　*

험준한 산에 둘러싸인 오지에 서기원과 박현이 모습을 드러냈다.

"여서부터는 걸어가야. 결계가 있어서 자칫 위험해야."

서기원은 어느 지점부터 걸어가기 시작했다. 요즘 세상에 이런 곳에도 사람이 사는가 싶을 정도로 오지 중에 오지였다. 아니 이 정도로 천혜의 자연이 유지되는 지역이 있었나 싶었다.

"멋지지야."

"풍광이 기가 막히군. 도대체 여기는 어디야?"

그런 그들 눈앞에 사슴 몇 마리가 떼를 지어 뛰어다녔고, 그밖에도 수많은 숲의 동물들이 얼굴을 내보였다가 사라지기를 반복했다.

"여? 거 인간들 말로는…… 디, 디, 디……."

서기원은 기억이 나지 않는 듯 연신 첫음절을 반복하며 단어를 떠올리기 위해 애를 썼다.

"DMZ요."

대답은 다른 곳에서 돌아왔다.

"맞아야. 디엠지. 아따……, 서양 꼬부랑 말은 어려워야."

서기원은 손바닥을 마주친 뒤 멋쩍은 듯 머리를 박박 긁었다.

"……"

박현은 몸을 틀어 깊고 어두운 수풀 사이를 쳐다보았다.

바스락거리는 소리와 함께 서른 안팎으로 보이는 사내가 모습을 드러냈다. 녹색 바지에 어깨를 드러낸 민소매 검은색 T셔츠, 짧은 스포츠머리를 하고 있어 마치 군인처럼 보였다.

"마중까지 나와 있었어야."

서기원은 손을 휘휘 저으며 반갑게 인사했다.

하지만 스포츠머리의 사내, 호족의 차기 족장 호효상은 박현에게서 시선을 떼지 못했다.

"인사해야. 여기는 내 친우, 박 경위. 나가 말했던 백호여야. 그리고 여기는⋯⋯."

박현도 그에게서 시선을 떼지 않고, 아니 못하고 있었다.

그를 보자 강렬한 무언가가 느껴졌다.

보이지 않는 끈끈한 그 무엇.

그건 일족과 일족을 이어주는 유대감이었다.

굳이 서로를 확인하지 않아도 알 수 있는 본능, 피와 신(神)으로 이어진 유대감이었다.

그 유대감 속에서 박현을 바라보는 호효상의 눈동자가 차츰 흔들리기 시작했다. 그저 눈을 마주하고 시간이 흐르자 그에게서 친밀함을 넘어선 거대함이 느껴진 것이었다. 그리고 그 거대함은 곧 무형의 압박이 되어 그의 몸을 서서히 짓눌렀다.

"⋯⋯!"

호효상은 입술을 지그시 깨물며 압박을 버텼다.

처음 서기원에게서 그에 대해 들었을 때 느낀 감정은 놀라움이었다.

어릴 적 잠자리에 들면 할아버지는 항상 백호의 전설을 이야기해 주었다.

자신들을 이끌어 가는 거대한 왕.

왕이 선물하는 일족의 번영.

백호는 어릴 적 자신만의 영웅이었다.

그를 따라 세상을 종횡하는 상상도 했었다.

하지만 나이가 들어 전설은 전설일 뿐이라는 것을 알았고, 마음 속 영웅의 이야기는 자신의 걸어야 할 하나의 지향점으로 바뀌었다.

그런 백호가 나타났단다.

호기심이 이어졌다.

일족의 울타리 밖에서 태어난 왕.

상상 속에서만 그리던 백호가, 과연 자신의, 자신의 일족의 왕이 어떤 모습인지 궁금해졌다.

하지만 그 호기심과 궁금증은 이내 분노로 바뀌었다.

백호가 태어나지 않으니 자신이 백호가 되리라.

또래들이 지독하다는 말을 내뱉을 만큼 뼈를 깎는 수련으로 힘을 키웠고, 일족의 누구라도 허투루 상대하지 않았다. 자신이 자신을 마주한 것처럼 성심껏 대했다.

그렇게 일생 동안 상상 속의 백호를 자신 안에 담아내기 위해 얼마나 노력했던가.

그 노력 끝에 그는 차기 지도자가 되었다.

수많은 일족의 후기지수들이 자신을 우두머리로 대하기

시작했다.

힘겹게 일족의 마음을 얻었다.

그런데.

그런데!

그저 백호로 태어났다는 것만으로 자신의 왕이 된다는 사실을 쉽사리 받아들일 수 없었다.

허탈함이 분노로 바뀐 것이었다.

그래서 직접 보고 싶었다.

자신의 왕이 될 자격이 있는지를.

느껴졌다.

그는 자신보다 약하다. 마음만 먹는다면 단숨에 그의 뒷덜미를 물어뜯어 죽일 수 있을 정도로 나약하다.

하지만 느껴졌다.

그가 품고 있는 거대한 그릇이. 가지고 태어난 그릇 자체가 다른 것이었다.

"……호효상이라 합니다."

호효상은 이를 악물며 천천히 허리를 숙였다.

"박현이다."

박현이 느낀 것도 그와 다르지 않았다.

그래서일까.

응당 그래 왔던 것처럼 편안하게 그의 인사를 받았다.

　　　　　*　　　*　　　*

　호효상은 자신과 걸음을 맞춰 따라오는 박현을 흘깃 쳐
다보았다.

"그나저나 여기가 DMZ라고?"

"그렇소."

호효상의 말투가 달라졌다.

박현은 달라진 그의 말투를 알아차렸지만 별다른 말을
하지 않았다.

"DMZ라. DMZ면 내가 알기로는 비무장지대인데, 지금
은 그 목적이 원래 아니었던 것 같아 보이는군."

"사실 우리 같은 반신 일족들을 위한 공간이오. 어린 일
족들은 미숙하오. 인간들과 함께 지내기에는 서로가 위험
하오. 그리고 인간들의 생활권에서는 우리의 본능과 힘이
미숙해질 요인도 있고."

이들은 인간과 호랑이의 피를 나눠가졌지만 본능은 호랑
이에 더 가까울 것이다.

박현은 고개를 끄덕이며 걸음을 옮겼다.

강줄기가 흐르고, 강변에는 사람의 키를 훌쩍 넘기는 갈
대밭이 펼쳐져 있었다.

바스락—

아주 작은 파음에 박현이 걸음을 멈추고 소리가 난 방향을 쳐다보았다.

산들바람에 갈대가 춤을 췄다.

별다른 이질적인 움직임은 보이지 않았다.

하지만 박현은 미세하게 불편하게 흔들리는 갈대들을 찾아 그곳을 응시했다.

그 움직임은 가까이 다가왔다.

"크르르르르."

갈대를 뚫고 황소만 한 호랑이가 모습을 드러냈다.

"진성이냐."

호효상은 박현과 도깨비 서기원을 향해 털을 세우고 경계하는 호랑이를 향해 다가가 머리를 쓰다듬었다.

"그리 날을 세울 거 없다. 손님이다."

"크르르르."

그 호랑이는 그제야 경계심을 지우며 그의 몸에 머리를 비볐다. 그리고 인사라도 나누려는 듯 부드러운 눈으로 박현과 서기원을 쳐다본 후 다시 갈대밭으로 사라졌다.

"호족이어야."

"진체는 이족(二足)이 아니었나?"

박현은 고개를 갸웃거렸다.

"아직 호족에 대해서 잘 알지 못하는 것 같소."

"……."

박현은 굳이 대답하지 않았다.

서기원에 대해 박현에 대해 대략적으로 들은 바가 있었다. 백호로 태어났지만 인간으로 살아온 그는 일족에 대한 선대의 가르침을 받지 못했을 것이다.

"진체는 호족 전사로서의 완성형이오."

"음."

"백여 년에 한 명쯤 바로 진체로 변할 수 있는 전사가 태어나기는 하지만 대부분은 아니오. 그래서 또 다른 자신을 먼저 깨워야 하오."

"그게 바로."

박현은 호랑이가 사라진 곳을 쳐다보았다.

"맞소. 또 다른 자신의 몸이라 하여 반체(伴體), 혹은 진체로 향하는 길목이라 하여 반체(半體)라 부르기도 하오."

"반체."

박현은 조용히 그 단어를 삼키며 다시 걸음을 옮겼다.

"노파심에 하는 말이지만, 저 녀석이 그대를 몰라봤어도 이해해 주시오. 아직 어려 잘 모르는 것이니."

박현은 몸을 틀어 호효상을 쳐다보았다. 그의 어투나 눈빛으로 보아 그게 본론이 아님을 알았기 때문이었다.

"당신을 존중하오."

호효상은 박현에게 한 걸음 가까이 다가붙었다.

"하지만! 어르신들은 모르겠지만 나는 아직 당신이 나의 왕이라는 것을 인정하지 못하겠소."

"차기 족장이라고?"

"그렇소."

"그렇다면 그 말은 그대의 의견이면서도 젊은 일족들의 의견이겠군."

"아마도."

"그대도 느꼈겠지? 지금은 그리 생각해도 언젠가 그대가 나를 받들 수밖에 없다는 것을."

호효상은 그 말에 반박할 수 없었기에 입술을 지그시 깨물었다.

"하지만 지금 나는 나의 등을 맡길 수 있는 나의 사람을 원해. 그대의 마음을 가져보려 노력해 보지. 성격이 지랄맞아서 잘 될지 모르겠지만."

박현은 입꼬리 한쪽을 말아 올렸다.

*   *   *

호효상이 박현과 서기원을 안내한 곳은 거대한 절벽 앞

이었다.

박현은 그 절벽을 바라보며 고개를 갸웃거렸다.

분명 눈앞을 가로막고 있는 것은 거대한 바위로 만들어진 절벽이 분명한데 이상한 느낌이 강하게 느껴졌다.

"눈치챘어야?"

서기원이 옆으로 다가와 히히거렸다.

"눈치까지는 아니고."

"결계여야. 신력을 눈에 집중해 봐야."

박현은 어제 이후 아주 미세하지만 의지대로 신력을 끌어낼 수 있게 되었다. 박현은 신력을 깨워 눈으로 가져갔다.

화한 느낌과 함께 풍경이 선명하게 바뀌었다.

"……!"

박현은 절벽에 겹쳐진 다른 풍광에 놀라 움찔거렸다.

높다란 돌산 안에는, 아니 이 돌산 자체가 허상일 것이다. 어찌 되었든 그 안에는 마치 시골 집성촌처럼 한옥들이 고즈넉하게 자리하고 있었다.

자신이 선 마을 초입에는 십여 명의 노인과 장년인들이 자신을 기다리고 있었던 듯 서 있었다. 먼저 호효상이 절벽으로 걸어갔고, 이어 서기원이 절벽을 통과해 안으로 들어갔다.

'이게 결계인가?'

박현은 절벽으로 다가가 손을 내밀었다. 절벽 모양이 출렁거리며 모양을 흩트렸다가 다시 제 모습으로 돌아왔다.

뭐라고 할까?

마치 잔잔한 호수에 손을 담근 느낌이라고나 할까.

박현은 절벽, 결계 안으로 걸음을 옮겼다.

"흠."

어떤 기운이 자신의 몸을 훑고 지나갔다.

그렇게 기분 좋은 느낌은 아니었다.

박현이 마을 초입에 들어서자 마중 나왔던 족장과 장로들의 눈빛이 요동치기 시작했다.

나이가 지긋한 초로가 박현 앞으로 걸어와 마주 섰다.

그의 눈에는 눈물이 주르르 흐르고 있었다.

"어서 오십시오. 일족의 왕이시여!"

초로의 노인은 박현 앞에 무릎을 꿇으며 큰 절을 올렸다.

"왕을 알현하나이다!"

노인들, 일족의 장로들은 일제히 바닥에 엎드렸다.

마지막으로 서 있는 장년인.

그는 호족의 족장, 호치강이었다.

"왕을 알현하나……."

호치강도 박현 앞으로 나와 무릎을 꿇으려 했다.

"그만."

박현은 그의 절을 막아섰다.

"박현입니다."

"……호치강입니다."

호치강은 어정쩡하게 자신을 소개했다.

"무엄하다. 어서 무릎을 꿇지 못할까?"

가장 먼저 절을 올렸던 장로가 호치강에게 엄한 목소리로 소리쳤다.

"괜찮습니다. 다들 일어나십시오."

박현의 말에 장로들은 불쾌한 표정으로 호치강을 쏘아보며 자리에서 일어났다.

"내가 어찌 부르면 좋습니까?"

"그냥 편하신 대로 부르시면 됩니다."

장로.

"최장로 호철호라고 하옵니다."

박현은 고개를 끄덕이며 다시 호치강을 쳐다보았다.

"편하신 대로 부르십시오."

호치강은 최고장로 호철호의 부리부리한 눈을 흘깃 쳐다보며 말했다.

"호 족장이라고 부르면 되겠습니까?"

"그리 부르시면 됩니다."

최고장로 호철호.

"일단 우리의 대화는 조금 후에 해도 되겠습니까."

"아이구, 누구의 엄명이시라고. 알겠사옵니다."

최고장로 호철호는 허리를 숙인 채 종종 걸음으로 물러났다.

"호 족장."

"예."

"그대의 절은 언제가 될지 모르겠지만 저들과 함께 받지요."

호치강은 박현의 시선이 닿은 곳을 바라보았다.

조금 떨어진 마을 곳곳에는 앞으로 호족을 이끌어 갈 청년들이 삼삼오오 모여 있었다. 그들의 눈에는 호기심보다는 불편한 적대감이 더욱 컸다.

'흠.'

호치강은 박현의 뒤에 서 있는 호효상을 쳐다보았다.

젊은이들의 절대적인 지지를 받고 있는 후계자였다. 믿음직하고 일족의 든든한 기둥이었던 아이가 일족의 방해물이 되어버린 것이었다.

"죄송합니다."

호치강은 박현에게 허리 숙여 사과했다.

"괜찮습니다. 뭐 이해 못 하는 것도 아니니."

"……?"

왕의 불쾌감이라 생각했는데 반응은 그게 아니었다.

"하는 데까지는 해 봐야지 않겠습니까?"

"……."

"근데 쉽지는 않을 것 같기는 하군요."

박현의 말에 호치강은 쓴웃음을 지었다.

"그 때문이 아닙니다. 저 때문이죠."

"네?"

"제가 하도 지랄 맞아서 말입니다."

호치강은 어색한 웃음을 지을 수밖에 없었다.

"외람된 말씀이오만……, 혹시 잘 안 되시면……."

"별 수 있습니까? 각자 길을 가는 거죠. 믿을 수 없는 이들에게 제 등을 맡길 수는 없지 않습니까?"

담담한 웃음을 담은 박현의 말에 호치강의 얼굴이 순식간에 굳어졌다.

"그 전에 말입니다."

박현은 목소리를 낮췄다.

"……예."

"제가 아직 진체로 변신하지 못하는데 그 방법을 배울 수 있겠습니까?"

굳어진 얼굴은 또 한순간에 황당함으로 물들었다.

"부, 분명 백호의 기운을 느꼈……."

"변할 수는 있는데 제 의지로는 안 되어서 말입니다."

"알겠습니다. 일족의 가르침을 알려드리겠습니다."

호치강은 어색한 웃음을 애써 지워가며 대답했다. 호치강 역시 호효상에게서 박현에 대해 대략 전달받았기에 어찌된 상황인지 파악할 수 있었다.

"그나저나 여기가 DMZ면⋯⋯. 휴가를 내야 하나?"

박현은 곤란함에 중얼거리며 안주머니에서 스마트폰을 꺼내들었다.

"이번에는 또 뭐라고 핑계를 대야 하나?"

박현은 강철민 팀장의 얼굴을 떠올리며 스마트폰 모서리로 관자놀이를 긁었다.

'그보다 전화는 터지나?'

박현은 스마트폰을 내려 액정을 밝혔다.

"음?"

수신 안테나가 꽉 차 있었다.

서기원은 잠시 놀란 박현에게 다가가 옆구리를 쳤다.

"⋯⋯?"

박현이 그를 쳐다보자 서기원은 턱으로 마을 어느 곳을 가리켰다. 높다란 나무로 된 기둥 위에 통신사 마크가 선명한 기지국 안테나가 회사별로 활짝 펼쳐져 있었다.

"여도 사람 살아야. 히히히히."

서기원의 순박한 웃음이 귀를 파고들었다.

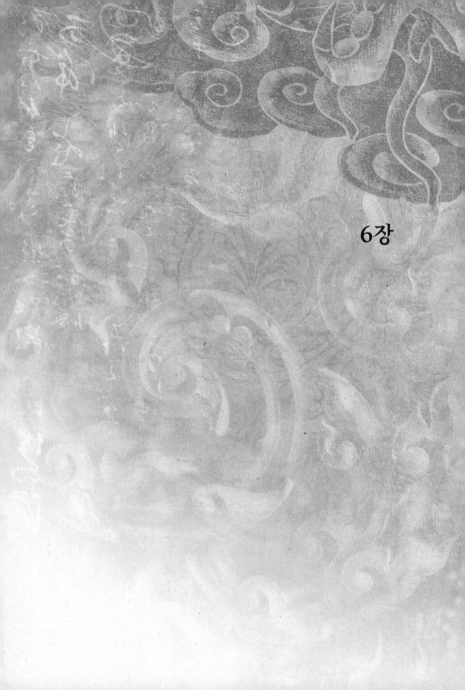

6장

"헉헉헉!"

박현은 험준한 가파른 산길에서 무릎을 손으로 짚은 채 거칠게 숨을 몰아쉬고 있었다. 속옷처럼 생긴 얇은 반바지 외에는 아무것도 입지 않은 모습이었다.

맨살이 드러난 상체는 땀방울로 뒤덮여 있었고, 그 위로는 김이 모락모락 피어났다.

거친 숨을 몰아쉬는 박현의 턱에 맺힌 땀방울이 바닥으로 툭툭 떨어져 내렸다.

얼마나 많은 땀을 흘리고 있었는지 그가 서 있는 자리는 제법 많은 땀방울로 뒤덮여 있었다.

"사실 우리가 반체나 진체로 변신하는 특별한 수행이나 방법이 있는 것은 아닙니다. 원래 우리의 또 다른 모습이기에 숨 쉬는 것처럼 자연스러운 것이지요."

"방법이 없다는 말씀입니까?"

"꼭 방법이 없는 것은 아닙니다. 일족의 아이가 태어나면 넓은 들이나 깊은 산에서 뛰어 놀게 하지요."

"......?"

"황당해하는 표정을 지으시는군요. 맞습니다. 그게 다입니다."

"흠."

"자연 속에서 뛰어다니다 보면 자연과 동화되는 느낌이 생깁니다. 갑자기 저 길을, 저 골짜기를, 저 바위들 위로 달리고 싶다는 강렬한 욕망이 생깁니다. 인간의 모습으로는 절대로 달릴 수 없는 곳을요."

"......."

"그 감정에 몸을 맡기면 어느새 반체로 변해 있는 모습을 발견할 수 있을 겁니다."

"무작정 달려야 합니까?"

"무식하지만 그 길이 가장 빠르지요. 러너스 하이를 아십니까?"

"대략적으로."

"신체의 운동치의 임계치가 넘어가면 어느 순간 고통이 쾌감으로 바뀐다고 하지요."

"비슷합니다. 다른 것은 인간은 엔돌핀이, 우리는 잠재된 신력이 폭발한다고 보시면 됩니다."

"반체인지 뭔지 변신하기도 전에 내가 죽겠네. 헉헉헉."

박현은 크게 숨을 내쉬며 허리를 폈다.

"러너스 하이야, 나 힘들다. 우리 일찍 보자."

박현은 이를 악물고 다시 가파른 산길을 뛰어올라 가기 시작했다.

중간 중간에 다리가 풀려 바닥에 주저앉아 쉬고 싶었지만 박현은 단 한 번도 속도를 늦추지 않았다.

몇 개의 골짜기를 넘었을까?

일반 사람이라면 벌써 문제가 생겨도 문제가 생겼을 만한 운동량이었다.

"후욱—, 후욱—."

박현은 급기야 더 이상 버티지 못하고 어느 높다란 산정에서 쓰러지듯 주저앉았다.

"헉헉헉—, 컥! 컥!"

숨조차 제대로 쉬어지지 않을 정도로 박현의 심장과 폐는 찢어질 듯 고통이 느껴졌다.

"컥컥! 쿨럭! 헉헉— 컥!"

박현은 고통에 주먹으로 가슴을 팡팡 치며 힘겹게 숨을 몰아쉬었다. 겨우 고통이 잦아들자 산 정상에 펼쳐진 광활한 정경이 눈에 들어왔다.

"그래도 풍경 하나는 끝내……."

박현은 중얼거리다 말고 입을 닫았다.

지친 눈동자가 활력이 돌며 어느새 금빛으로 변해 가고 있었다.

두근! 두근! 두근!

자신의 심장 소리가 박현의 귀를 파고들었다.

쿵! 쿵! 쿵!

심장이 거칠게 내달리기 시작했다.

쾅! 쾅! 쾅!

급기야 심장은 터질 듯 거칠어졌다.

육신을 자해하듯 달려서?

아니다.

고통에 몸부림쳤던 심장은 잦아든지 오래.

심장은 고통 없이 다시 요동치기 시작한 것이었다.

박현의 금빛으로 변한 눈동자에 깊은 욕망이 들어섰다.

욕망의 빛은 탁하지 않았다.

순수한 욕망.

박현은 마치 고배율 카메라 렌즈로 세상을 보는 듯 눈앞에 펼쳐진 광경이 빠르게 다가왔다. 그리고 빠르게 다가오는 풍광이 이리 말하는 착각에 사로잡혔다.

달려라!

마음껏 달려라!

너의 세상이다!

"크핫!"

박현은 우렁찬 함성을 내지르며 다시 걸음을 내디뎠다.

찾아오는 벅찬 희열에 다시금 함성을 터트렸다.

"크허어어엉!"

박현은 몇 걸음 만에 거대한 한 마리 흰 호랑이가 되어 험악한 산을 내달리기 시작했다.

*　　　*　　　*

자연을 한껏 담은 한옥 바깥채 대청마루에 십여 명의 사내들이 모여 있었다.

"소족장."

한 사내가 상석에 앉아 있는 호효상을 불렀다.

그의 부름에도 호효상은 팔짱을 낀 채 눈을 감고 있었다.

"뭐라 말 좀 해보세요. 이대로 어디서 태어났는지도 모를 그에게 일족을 가져다 바칠 셈이십니까?"

"일족의 왕이 추대된다면 그 자리는 그가 아니라 소족장이 올라서야 합니다."

"맞습니다."

"우리 일족에 색이 그 무이 중요합니까? 백호? 백호면 뭐~. 어디서 근본도 알 수 없는 자가 우리의 머리에 앉을 수 있겠습니까?"

"소족장. 아니, 형님. 뭐라 말 좀 해 보세요."

사내들은 저마다 울분을 성토했다.

호효상은 눈을 뜨며 식은 찻잔을 들어 식은 녹차를 한 모금 마셨다.

"소족장!"

"우리가 어찌할 수 있는 게 아니야. 장로께서도 인정하셨다. 그리고 족장께서도 입 밖으로 말씀을 내뱉지 않으셨지만."

쾅!

호효상 바로 옆에 앉아 있던 사내, 호태성이 탁자를 주먹으로 거칠게 내려쳤다.

"그러니 말씀드리는 게 아닙니까. 저는 어릴 적부터 형님을 보아왔습니다. 그 누구도 고개를 저을 만큼 수련을 하여 힘을 키웠고, 못난 우리들을 올바르게 이끌어 주시지 않으셨습니까."

"뿐만 아니지요. 일족의 누구라도 넓은 마음으로 품고 다독이시지 않으셨습니까?"

"하지만 말이다. 그는……."

"이대로 넘겨 주실 겁니까? 저는 오래전부터 우리 일족의 왕은 형님이라 여겼습니다. 이제껏 믿어 의심치 않았다구요. 그리고 그 생각은 지금도 변하지 않았습니다."

"장로회의 결정은 무겁다."

호효상은 씁쓸하게 입을 열었다.

"바꾸면 됩니다!"

호태성이 자리에서 일어나며 소리쳤다.

"그렇습니다. 일족의 미래는 우리들이지 장로분들이 아닙니다."

"장로들께 갑시다. 장로분들도 우리의 의견을 무시하지 못하실 겁니다."

호태성의 말에 사내들이 우르르 자리에서 일어났다.

"이 못난 놈들!"

마당에서 매서운 호통이 날아왔다.

족장 호치강은 엄한 표정으로 사내들을 노려보았다.

"족장님."

"조, 족장님."

몇몇은 기어가는 목소리로 화들짝 몸을 움츠렸다.

"이렇게 된 거 할 이야기가 있습니다."

호태성은 주눅 들지 않은 자세로, 아니 더 당당한 모습으로 마당으로 내려와 그의 앞에 섰다.

"우리는 그를 왕으로 인정할 수 없습니다."

"맞습니다. 우리의 왕이 있다면 그건 효상 형님입니다."

몇몇은 족장 호치강 앞으로 다가와 자신들의 의견을 강력하게 피력했다.

"쯧쯧쯧."

족장 호치강은 그들을 보며 혀를 찼다.

"너희들이 이렇게 아둔한지 몰랐구나."

호치강은 시선을 높여 여전히 눈을 감고 있는 호효상을 올려다보았다. 그리고 다시 시선을 호태성으로 내렸다.

"내 너희들이 그를 진심으로 만나보고 이런 말을 했다면 수긍이라도 했을 것이다."

"만나보나……."

누군가 발끈했지만 호태성이 그의 말을 막았다.

"너희들 하는 꼴을 보니 그분이 너희들을 받아주지 않겠구나. 에잉, 못난 놈들. 정신들 차리어라!"

족장 호치강은 호통을 지른 후 호효상을 쳐다보았다.

"너는 나 좀 보자꾸나."

족장 호치강은 대답도 듣지 않고 몸을 돌려 안채로 향했다.

*　　*　　*

얼마나 달렸는지 모른다.

그냥 달리고 또 달렸다.

왜 이제껏 달리는 것이 이렇게 기분 좋은 것인지 몰랐는지 모르겠다.

즐겁다.

그냥 달리는 것뿐인데도 즐겁고, 상쾌했다.

그 기분이 좋아 미친놈처럼 달리고 달렸다.

그러다 문득 든 생각.

'근데……'

박현은 달음박질을 멈추고 주변을 둘러보았다.

'여기는 어디지?'

저 멀리 몇 Km쯤 떨어진 곳에 자그만 마을이 보였다.

'음?'

그 마을은 마치 사진이나 영상으로만 보았던 70년대 풍경처럼 느껴졌다.

'아직도 우리나라에 저런 마을이 있나?'

박현은 좀 더 눈에 힘을 주었다.

마을 곳곳에 생기 없는 모습으로 다니는 사람들이 보였다.

칙칙한 색도 색이지만 옷도 이상했다.

이상함에 마을을 곳곳을 둘러보다 마을 중앙에 자리한 건물 위에 휘날리는 붉은 깃발이 눈에 들어왔다.

인공기.

'북한?'

박현은 화들짝 놀라 저도 모르게 뒤로 한 걸음 물러났다.

'내가 지금 북한에?'

"크르르르?"

박현은 말을 내뱉다가 다시금 화들짝 놀랐다.

자신의 생각과 일치하는 목소리가 흘러나와야 하는데 그 목소리가 아니었다.

그제야 박현은 고개를 내려 자신의 발을 내려다보았다.

통나무처럼 두꺼운 앞발이 눈에 들어왔다.

새하얀 털과 먹물보다 짙은 무늬.

그리고 땅바닥을 움켜잡은 발톱.

"크르르르르."

박현은 나직하게 울음을 토해냈다.

툭툭—

그때 누군가 옆구리를 가볍게 쳤다.

"……!"

박현은 화들짝 놀라 옆으로 급히 피하며 자신이 서 있던 곳을 쳐다보았다.

아무도 없었다.

분명 누군가 자신을 쳤는데.

툭툭!

"……!"

박현의 눈이 부릅뜨며,

"크르르르!"

재빨리 고개를 돌리며 발톱을 드러냈다.

휘이이잉—

그를 맞이한 것은 한 줄기 바람.

툭툭!

박현은 날카로운 이빨과 함께 재빨리 앞발을 휘둘렀다.

후아아앙—

그러나 여전히 아무도 없었다.

'……귀신?'

귀신의 장난인가?

전이라면 코웃음을 쳤겠지만 귀신도 보고 그보다 더한 존재도 겪었기에 박현은 안력을 높여 주변을 살폈다.

툭툭!

누군가 자신의 옆구리를 건들자마자 고개를 돌렸다.

"크허어……. 허어……헝."

날카로운 울음은 금세 바람 빠진 풍선처럼 허탈한 울음이 되었다.

툭툭— 툭툭—

자신의 옆구리를 치고 있는 것은 다름 아닌, 누구의 것도 아닌 자신의 꼬리였다.

민망함에 입맛을 다실 때였다.

『못 보던 놈이로구나.』

강렬한 신음(神音)에 백호의 뒷덜미가 쭈뼛 섰다.

박현은 털을 곤두세우며 고개를 돌렸다.

대략 4~5m 떨어진 곳에 단아한 수염에 새하얀 한복을 입은 노인이 서 있었다.

『저 아래 호촌에서 온 놈이더냐?』

분명 입을 열어 말을 하고 있었지만 들리는 그의 목소리는 결코 사람의 것이 아니었다.

"크르르르."

박현은 뭔가 말을 하려 했지만 그의 현재 모습은 반체, 순수한 호랑이의 모습이었다.

『분명 성체임이 분명한데 신체와 합일을 이루지 못한 것을 보면 아이 같기도 하고.』

노인은 의아한 눈빛을 띠었다가 이내 부드러운 미소를 지었다.

『그냥 편히 생각을 담아 울어라. 내 알아들을 수 있으니.』

노인은 수염을 쓰다듬으며 말했다.

"크르르르르."

'뉘신지요?'

『나?』

"크르르르."

'그렇습니다.'

신기하게도 노인은 자신의 울음을 알아듣는 듯했다.

『아이야. 질문은 나부터 하지 않았느냐.』

"크르르르르."

'백호이옵니다.'

『그건 보아서 안다.』

"……"

『호촌에서 온 아이더냐?』

"크르르르."

'호촌이라 하시면 DMZ에 있는 호족의 마을을 말씀하시는 겁니까?'

『그러하다.』

"크르르르."

'그렇습니다.'

『호족에서 왕이 태어났다는 말은 못 들었는데.』

노인은 수염을 쓰다듬으며 먼 산을 바라보았다.

『하긴 봉황의 욕심이라면 호족이 그 사실을 숨겼을 수도 있겠구나. 아니야, 그렇다 하여도 내가 너의 기운을 못 느꼈을 리도 없고. 꼭 하늘에서 뚝 떨어진 것 같구나.』

노인은 박현을 지그시 바라보며 알 수 없는 웃음을 지었다.

"크르르르르."

'노인께서는 뉘신지요?'

『이름은 잊은 지 오래고, 본신은 해태이니라.』

"......!"

박현의 몸은 경직되었다.

북의 지배자.

외로운 신.

서기원으로부터 들은 이야기였다.

『그리 경계할 것 없다. 비록 모습은 다르나 너나 나나 근원은 한 뿌리이니. 그냥 먼 친척 할애비라 생각하여라.』

"크르르르르."

『그나저나 반체로 말하기 불편하지 않느냐?』

"크르!"

'끄응!'

박현은 속으로 앓는 소리를 삼켰다. 진즉에 인간의 모습으로 돌아가고 싶었지만 곰곰이 생각해 보니 인간으로 돌아가는 방법은 듣지 못했다.

『허허허허허!』

그 모습에 해태는 너털웃음을 터트렸다.

『볼수록 신기한 놈이로구나.』

해태가 가볍게 손을 젓자 청아한 바람이 만들어져 백호의 몸을 감쌌다.

"아!"

박현은 청아한 바람에 눈을 감으며 감탄사를 터트렸다.

그런 그의 몸은 차츰 인간의 형상으로 변해 갔다. 동시에 백호로 변신하기 전에 입고 있던 타이트한 얇은 반바지가 그의 하체를 덮었다.

『요즘은 참으로 재미난 물건들이 많단 말이야.』

해태는 초롱초롱한 눈으로 박현의 아티팩트 바지를 쳐다보았다. 비록 바지를 입고 있다고는 하지만 몸에 달라붙는 모양이라 박현은 무안함에 서둘러 아공간 주머니에서 옷을 꺼내 입었다.

『옛날에는 옷가지 구하러 사방으로 숨어 다녔는데. 허허 허허허.』

옛 기억에 해태는 수염을 쓰다듬으며 아련한 눈빛을 띄었다.

『옷자락이 스쳐도 인연이라 했거늘, 차라도 한잔하겠느냐?』

"감사합니다."

왠지 이 자리에서 헤어지면 두고두고 후회할 것만 같은 느낌에 박현은 승낙했다.

해태가 다시 손을 휘젓자 따사한 기운이 박현의 몸을 감쌌고, 순간 세상이 뒤집어졌다가 다시 돌아왔다.

"……!"

바로 조금 전 서 있던 곳은 어느 야산이었다.

그런데 지금은 아담한 폭포가 떨어지는 어느 협곡 초가집 마당에 서 있었다.

"별로 구경할 건 없다마는 둘러보고 있어라."

해태는 자그만 문을 열고 부엌으로 들어갔다. 잠시 후 해태는 평상으로 김이 모락모락 나는 찻잔을 소반에 담아 가져왔다.

『차라고 할 것까지는 아니고 이것저것 약초 넣어 다린 물이니라.』

"잘 마시겠습니다."

커피도 잘 모르는 박현에게 차에 대한 지식이 있을 리 없었다. 그냥 녹차와 비슷하지 않을까 생각하며 한 모금 마셨다. 녹차보다는 더 쌉쌀하고 한약방에서 나는 약초 냄새가 짙었다.

솔직히 맛있다고 할 수 없었지만 그럭저럭 마실 만했다. 콕 집어 설명하자면 건강해지는 맛이라고나 할까.

"좋습니다."

『껄껄껄. 네 표정을 보면 다 안다, 이놈아. 그래도 맛있다 해 주니 고맙구나.』

"하하, ……."

『너를 보니 볼수록 궁금한 게 많구나.』

해태는 찻잔을 내려놓으며 박현을 지그시 바라보았다.

"……."

『호족 출신이라고?』

"호족은 부인할 수 없지만 출신은 아닙니다."

『그렇구나. 봉황은 너의 존재를 모르겠지?』

"아마 그럴 듯싶습니다."

해태는 고개를 끄덕이며 찻잔을 들었다.

『하긴 그 연놈들 성질머리에 너를 알았다면 네가 이 자리에서 나와 차를 들고 있지 못했을 터.』

담담한 말이었지만 박현은 오싹함을 느껴야 했다.

동시에 봉황이 어떤 존재인지 좀 더 명확해졌다.

더불어 눈앞에 인자한 얼굴로 앉아 있는 해태가 눈에 들어왔다. 박현의 눈빛이 가라앉았다.

한없이 편한 상대.

그게 진심일까? 아니면 현혹일까?

순간 그에게 동화되어 너무나도 편하게 마음을 열었던 자신의 상황이 떠올랐다.

섬뜩함이 등골을 타고 올랐다.

"……."

박현은 조용히 찻잔을 내려놓았다.

생각해 보니 이 차가 무슨 차인지 알고 아무런 의심 없이 마셨을까 싶었다.

『그리 경계하지 않아도 된다.』

마음이라도 읽는 것인지 해태는 여전히 부드러운 얼굴로 찻잔을 들었다.

"어찌 저를."

『데려왔냐고?』

"……."

『내 너를 잡아먹을까 봐 그러느냐?』

해태는 재밌다는 듯 박현을 쳐다보았다.

『말년의 호기심이라 여겨라.』

"……?"

『왜, 신이라고 해서 천년만년 살 줄 알았더냐? 끌끌끌. 이 땅의 신은 육신이 있어 진정한 신은 아니란다. 신이 되기 위한 과정이지.』

"……."

『그리 볼 것 없다. 당장 오늘내일하는 것은 아니니.』

박현은 조용히 해태를, 정확히는 그의 눈을 쳐다보았다. 맑았다.

어차피 자신이 어찌한다고 그에게서 벗어날 수 있는 것도 아닌 상황, 그렇다면 그 순수한 눈빛을 믿어보기로 했다.

『사생이더냐? 아니면 유자(遺子)이더냐?』

"사생은 확실한데 유복자인지 아닌지는 모르겠습니다."

『그래서 성체임에도 이제 걸음마를 떼는 것이로구나.』

이제야 알겠다는 듯 고개를 끄덕였다.

『그리고 그게 널 살렸구나.』

말을 더 이으려던 해태가 갑자기 고개를 돌려 먼 산을 쳐다보았다.

『아이구 삭신이야. 간만에 쉬는가 싶었더니.』

해태는 다시 고개를 돌렸다.

『더 많은 대화를 나누고 싶었다만 고얀 놈들이 시간을 안 주는구나.』

외로운 신.

그 별명이 떠올랐다.

『이 늙은 노인과 놀아줬으니 선물은 하나 줘야겠지?』

해태는 인자한 눈으로 박현의 머리에 손을 가져갔다.

쏴아아아아—

청명한 기운이 그의 머릿속으로 스며들었다.

뇌로 침범하는 낯선 기운에 박현은 움찔거렸고, 자연적으로 그의 신기가 대항하기 위해 불같이 일어났다. 그러나 해태의 기운은 그 기운을 막아서던 신기와 스르르 합쳐지더니 그의 머리를 감쌌다.

"아—."

긴장감에 박현은 입술을 깨물었지만 이내 몽롱하게 환희를 토해냈다.

그의 선물은 경험이었다.

탈피의 경험.

반체와 진체로의 변화의 요체였던 것이었다.

『서툰 탈피에 머리 몇 혈도에 어혈이 뭉쳤구나. 내 어루만져 놨으니 시간이 흐르면 자연스레 풀릴 것이다. 그리고.』

박현은 그제야 정신을 차리고 해태를 쳐다보았다.

해태의 모습은 차츰 뿌옇게 흐려지고 있었다.

『어설픈 천외천의 기운은 막아놨느니라.』

"아!"

『당분간 봉황이 너를 봐도 알아채지 못할 것이니 안심하여도 되느니라.』

"어찌 제게 이런 큰 선물을……."

『너에 대한 선물이지만 나에 대한 선물이기도 하다.』

"네?"

『등선하기 전에 고약한 연놈들이 똥줄 타는 모습을 보면 즐겁지 않겠느냐. 허허허허허허!』

해태의 목소리는 서서히 멀어졌고, 박현은 시야가 뒤집히는 것을 느꼈다.

『심심하면 또 놀러오너라.』

그의 목소리가 완전히 사라지고, 돌아온 시선은 그를 처음 만났던 야산으로 돌아와 있었다.

'꿈인가?'

현실 같지 않은 상황에 문득 꿈이 아닌가 싶었다.

"으허억!"

순간 기겁성이 귓가를 때렸고.

부우우우웅——

묵직한 파음이 그의 뒤통수로 날아들었다.

그 파음에 살기는 없었지만 옅은 적의는 담겨 있었다.

"크허어엉!"

박현은 몸이 이끄는 대로 호랑이의 기운을 끌어올려 일갈을 터트리며 오른손을 털어 건틀릿을 꺼냈다. 그런데 건틀릿의 모양이 조금 달랐다.

전에는 이종격투기 글러브처럼 생겼었다면 지금은 호랑이의 발을 옮겨놓은 듯 날카로운 발톱이 더해져 있었다.

박현은 시야에 들어오는 쇠몽둥이를 옆으로 피했다.

"……!"

재빠르게 눈으로 적을 쫓았다.

몽둥이를 휘두르는 적은 다름 아닌 도깨비 서기원이었던 것이다.

이미 머리로 뻗어나간 일격은 자의로 주먹을 거둘 수 있는 상황이 아니었다. 그렇다고 이 일격이 그의 서기원의 머리에 직격한다면 상상 이상의 피해를 입을 터.

박현은 이를 악물고 팔에 힘을 빼는 동시에 날카로운 발톱을 거뒀다.

그리고.

"바, 박……?"

빡—

제법 묵직한 소리가 박현의 손바닥과 서기원의 뺨에서 터졌다.

"아아악! 아이고! 깨비 죽네, 깨비 죽어! 친구가 깨비 팬다."

서기원은 뺨을 부여잡은 채 바닥을 뒹굴뒹굴 굴러다니며 소리쳤다.

"생각보다 많이 부었네."

박현은 서기원의 퉁퉁 부은 뺨을 바라보며 눈가에 주름을 그렸다.

"됐어야. 나 이미 마음 상했어야."

서기원은 고개를 홱 돌리며 입술을 삐죽 내밀었다.

"네가 먼저 내 뒤통수 갈겼다."

그 말에 서기원의 어깨가 움찔거렸다.

"그것도 쇠! 몽! 둥! 이! 로!"

"그래도 나 삐쳤어야."

서기원의 얼굴이 꿈틀거렸다가 다시 입술을 내밀었다.

"그만해라."

"흥!"

"좋게 말할 때 그만 해라."

"……."

서기원은 몸을 홱 돌렸다.

"막걸리에 메밀묵이면 되겠냐?"

박현은 고개를 절레절레 저으며 말했다.

덥썩.

"돼야!"

서기원은 바람보다 빠르게 몸을 다시 돌려 박현의 손을 움켜잡았다.

"암, 돼야. 친우라는 건 말이야. 사소한 걸로 삐치고 그러면 안 돼야. 내 잊어야. 오늘 우리 사이에 무슨 일이라도 있었어야?"

"침 떨어진다."

"후르릅! 히히히히."

서기원은 재빨리 소매로 입가를 닦았지만 신나는 웃음을 지우지 못했다.

"근데 왜 그랬어?"

"뭐를야?"

"내 뒤통수. 쇠몽둥이."

"이, 잊었어야. 나는 벌써 잊었어야. 기억 안 나야."

"뭘 탓하려는 게 아니라. 궁금해서 물어본 거다."

"뒤끝은 아니지야?"

"아니야."

"뒤끝 있으면 안 돼야."

"알았다."

"진짜! 진짜! 막 화난다고 막걸리랑 메밀묵……."

"알았다고! 한 번 더 그러면 막걸리고 뭐고……."

"말해야."

서기원은 화들짝 박현의 입을 막으며 속사포처럼 말을 내뱉었다.

"니가 안 돌아와서 걱정돼서 찾아왔어야. 호 족장께서 처음 탈피하면 간혹 감정에 취해 길을 잃는 경우가 많다고 해서야."

"그렇군."

박현은 서기원의 손을 치웠다.

"중간쯤부터 달라진 발자국에 열심히 쫓아왔어야. 근데 여기서 흔적이 딱 끊겼어야. 하늘로 솟았을 리도 없고, 땅으로 꺼졌을 리도 없어야. 그래서 혹시나 안 좋은 일이 생긴 게 아닌가 했어야. 그래서 막 고민하는디, 거대한 힘이 확 덮치는 거야. 그래서 혹시 네가 사라진 이유를 알고 있을 놈이거나 패거리인 거 같아서 일단 기절시켜 놓고 알아볼라 했어야."

"그렇군. 그래도 앞으로는 잘 보고 해라. 엄한 놈 잡지 말고."

"괜찮아야. 그때는 기억 지우면 돼야. 히히히."

"내가 뭔 말을 하겠냐."

박현은 한숨을 내쉬었다.

"근데."

"뭐?"

"진짜 뒤끝 있는 건……."

서기원이 손가락을 꾸물꾸물거리며 박현의 눈치를 스윽 살폈다.

동시에 박현의 인상이 확 일그러졌다.

"맞다! 친우야. 너 탈피했어야, 맞아야? 완전 움직임이 달랐어야."

서기원은 재빨리 화제를 돌렸다.

의도를 알았기에 박현도 표정을 지우며 고개를 끄덕였다.

"오메야. 축하해야."

"돌아가자."

"그래야. 날도 어둑어둑해져야."

하늘에 노을이 차츰 번지고 있었다.

"가면 뭐해야?"

"뭐하기는 씻고 자야지."

"어마? 뭔 소리다야."

"집에 안 갈 거야?"

"나야 가면 좋다만은, 호촌에는 안 들러야?"

"뭐 들리긴 해야겠지."

"지금 바로 가지 않아야? 왜야?"

"힘이 없어서 등이라도 맡겨 볼까 했는데……. 주렁주렁 달고 다니는 것도 귀찮고. 또 그거 달자고 지랄하는 것도 귀찮고. 무엇보다도."

박현은 서기원을 보며 씨익 웃었다.

"내가 사내들 틈바구니에서 좀 거칠게 살아봤는데 말이지. 우두머리라는 증명하는 게 아니라 허락하는 거야."

"증명? 허락? 이해가 안 가야."

"우두머리가 일일이 내가 너희들의 우두머리다, 이러고 다니면 쓰나."

"아님?"

"그냥 찾아와서 '형님으로 모시게 해 주십시오.' 라고 간청을 하면 '그래, 귀찮지만 너희들을 이끌어 주마.' 라고 허락을 해 주는 거지."

"그래야?"

서기원은 박현의 말에 아리송한 표정을 지었다.

"뭐 아쉬운 쪽이 달라붙겠지. 적어도 나는 이제 그들이 안 아쉬워."

박현은 움켜쥔 주먹을 내려다보았다.

주먹 안에서 거대한 힘이 꿈틀거렸다.

7장

"나는 네가 현명하다고 생각했다."

족장 호치강은 호효상을 엄하게 바라보며 입을 열었다.

"그런데 실망이로구나."

"아직 그가 우리의 왕이 될 수 있는 존재인지 검증조차 하지 않았습니다."

"아둔하구나. 욕심에 눈이 먼 것이더냐?"

"……."

호효상은 주먹을 억세게 말아 쥐었다.

"다른 아이들이라면 모른다. 그리고 네가 평범하다면 이해할 수 있다. 하지만 내가 느낀 것을 너도 느꼈으리라 본다. 아니더냐!"

호효상은 입술을 깨물며 고개를 떨구었다.

"압니다."

"알아?"

"네. 압니다. 저도 똑똑히 느꼈습니다."

"그래 안다는 놈이 그래?"

"머리로는 받아들여야 한다고 하는데 도저히 심장이, 이 심장이 받아들일 수 없다 합니다."

호효상은 충혈된 눈으로 족장 호치강을 쳐다보았다.

"휴우—."

그 울분을 왜 모르겠는가.

누구보다 옆에서 호효상을 보아온 이가 다름 아닌 자신이었다.

"그래도 아니 되는 것은 아니 되는 것이다."

호통 속에 안쓰러움이 담겼다.

왜 아니겠는가.

어릴 적부터 백호에 대해 노래를 부르다시피 하며 동경했고, 그가 세상에 존재하지 않음에 실망하여 울었고, 철이 들며 그를 대신하겠다며 치열하게 자라온 아이다.

그걸 왜 모르겠는가.

"효상아."

"예, 족장님."

"너는 내 아이는 아니다."

"잘 알고 있습니다."

"우리 일족에 누구의 아이, 누구의 아비라는 개념이 약하다만, 나는 너를 내 자식이라 여겼고, 나는 너의 모범이 되는 아버지가 되고자 노력했다."

"잘 알고 있습니다."

"비록 우리가 아버지, 아들이라는 호칭을 서로 쓰지 않아도 그리하다 여겼다."

호효상을 대하는 족장 호치강의 목소리는 부드러워졌다.

"무슨 말씀을 하시고 싶어하시는지 잘 알고 있습니다."

"그래."

"잠시, 잠시면 됩니다. 제가 납득하면 아이들도 납득을 할 겁니다."

"그래, 그러면 됐다."

둘의 대화가 어느 정도 마무리되었을 때였다.

"족장님."

얼굴을 가로지르는 긴 상처를 가진 애꾸눈의 사내가 안으로 들어왔다.

"무슨 일인가?"

"방금 서 두령과 그……."

애꾸눈의 사내는 호효상의 눈치를 슬쩍 보며 말을 이어
갔다.

　"분이 마을을 떠나셨습니다."

　"뭐라?"

　족장 호치강이 놀란 음성으로 되물었다.

　"그리고 전언을 남기셨습니다."

　"뭐라시던가?"

　"그냥 서로 제 갈 길을 가는 게 좋을 듯싶답니다."

　족장 호치강의 얼굴이 굳어졌다.

　"아저씨."

　"예, 소족장."

　"그분의 상태는 어떻던가요?"

　호효상도 굳은 얼굴로 자리에서 일어나 물었다.

　"무슨 말씀을 하시는 것인지……."

　"기운 말입니다. 기운."

　"뭐 제가 들은 전설만큼은 아닌 듯싶었습니다. 그냥 강
대한 일족의 전사 한 명을 마주하는 듯했습니다."

　"일족의 전사요?"

　"솔직히 말씀을 드리자면 많이 쳐주어도 소족장님보다
한 수나 반 수 아래로 느껴졌습니다."

　애꾸눈 사내의 말에 족장 호치강과 호효상의 눈이 동시

에 마주쳤다.

불과 오늘 처음 마을에 발을 내디뎠을 때만해도 고작 열 살쯤 되는 아이와 비슷했다. 그런데 고작 반나절만에 일족의 전사와 기운을 나란히 한다?

'일족의 힘을 고스란히 체득하신 것이야!'

족장 호치강은 깊은 탄식과 함께 조용히 눈을 감았고, 호효상은 입술을 깨물었다.

족장 호치강은 그렇다고 하여도 소족장 호효상의 뜻밖의 반응에 애꾸눈의 사내는 의아한 눈으로 그를 쳐다보았다. 자신이야 족장 호치강을 따르는 전사라 입 밖으로 뭐라 이야기를 꺼내지 않았지만 내심 호효상을 지지하고 있었기 때문이었다.

"족장님."

"그래."

족장 호치강은 힘 빠진 목소리로 대답했다.

"제가 직접 그를 만나보겠습니다."

"직접?"

족장 호치강은 호효상을 쳐다보았다.

"도가 되든 모가 되든 직접 부딪혀 보겠습니다. 그리고 무슨 일이 있어도 데리고 오겠습니다."

"흠."

호효상은 굳은 결의를 내보였다.

*　　　*　　　*

곱게 한복을 차려입은 박수무당 조완희가 신당 안에서 대별왕 무속화를 향해 경건하게 큰 절을 올렸다.

일 배, 이 배, 삼 배…….

대별왕에게 존과 경을 다해 정성을 올리고 있었다.

십일 배, 십이 배…….

"쩝쩝쩝."

대별왕에게 절을 올리던 조완희의 뺨이 씰룩거렸다.

"후우—."

조완희는 눈을 감고 다시 마음을 가다듬은 후 다시 절을 올렸다.

십육 배, 십칠 배, 십팔 배…….

"쩝쩝쩝쩝."

조완희의 눈썹이 파르르 떨렸다.

"흐읍—, 후우우—."

겨우 화를 다시 누그러트리며 다시 절을 올렸다.

"꿀꺽, 꿀꺽. 캬하—. 맛나야."

엎드린 조완희의 몸이 부르르 떨렸다.

"맛있지야?"

"먹을 만하네."

"자자— 쭉 들이켜야."

"근데 여기서 먹어도 되나?"

"괜찮아야. 나 대별왕님과 친해야. 히히히."

조완희는 거칠어지는 숨을 꾹꾹 누르며 자리에서 일어났
다.

"심마로다. 대별왕님이 내리신 심마야. 옴마니반메훔!"

조완희는 합장을 하고 진언을 읊으며 마음을 다스렸다.

"그래도 여기서는 좀……."

"대별왕님, 괜찮지야? 대별왕님도 많이 잡사야."

조완희의 얼굴은 평온하기 그지없었다.

거기에 담담한 미소마저 그려졌다.

"맛있는가?"

조완희는 고개를 돌려 양볼 가득 메밀묵을 밀어 넣고 오
물오물거리고 있는 도깨비 서기원을 보며 물었다.

"마나야. 우물우물."

말도 제대로 못 할 정도로 입안이 터질 듯 열심히 먹고
있었다.

"그래. 맛있게 먹으니 다행이다."

조완희는 인자한 표정과 함께 오른팔에서 곡도를 펼쳐

조용히 움켜쥐었다.

"니도 한 잔 할 터야?"

"아니네. 우리 서 두령이나 많이 먹게나."

"맛있는데 좀 묵어야."

"맛있다니 참으로 다행일세. 많이 자시게."

"으음? 이상해야."

"이승에서 마지막으로 먹는 음식인데 많이 자셔야지. 그래야 한을 남기지 않고 승천할 것이 아니겠나? 아니 그런가?"

조완희는 곡도를 번쩍 들어올렸다.

"흐흐흐흐흐."

조완희는 기괴한 웃음을 흘리며 서기원을 향해 달려들며 곡도를 힘껏 내려찍었다.

"이 망할 놈의 깨비! 그냥 뒈져! 여기가 어디라고 허구헌 날 술판을 벌여! 앙? 그냥 뒈져! 내 봉황회랑 척을 지더라도 니 시끼는 내 오늘……."

조완희가 곡도를 손에 쥔 순간, 박현은 슬그머니 별왕당 마루방에서 조용히 나와 대문으로 향했다.

"아이고, 조 박수가 신성한 신당에서 깨비 죽인다! 아이고 대별왕님. 조 박수가 깨비 죽여야~ 깨비 죽여야."

박현이 서기원의 비명에 고개를 절레절레 대문을 열고

나가려는 그때였다.

쿵쿵쿵!

대문에서 문기척이 났다.

끼익—

문이 열리고.

"여기가 별왕당이 맞습니까?"

호효상이 별왕당 안으로 들어왔다.

*   *   *

"여기."

조완희는 차 네 잔을 내왔다.

"잘 마시겠습니다."

호효상은 조완희에게 고개를 숙여 감사를 표했다.

"그런데 누구시라고……."

"저는 호족의……."

"호족 소족장 호효상이라고 나랑 같은 암행단 두령이야. 이야, 반가워야. 정말 보고 싶었어야."

서기원은 시퍼런 멍이 든 눈으로 반달을 그리며 호효상의 어깨에 손을 얹고 히히거렸다.

"내 저 새끼를……."

조완희는 슬그머니 곡도를 다시 잡으려 했다.

"무슨 일이지?"

박현은 다탁 앞에 앉지 않고 마루방 기둥에 등을 기대고 있었다.

"달라지셨군요."

"뭐 보다시피."

박현과 호효상 사이에서 만들어지는 팽팽한 분위기에 조완희는 다시 자리에 앉아 둘을 번갈아 쳐다보았다.

"여기에는 왜 왔지?"

"우리에게 남은 게 있지 않습니까?"

"그런 게 있었나?"

"있습니다."

"나는 없어."

"저는 있습니다."

"분명 내 뜻을 전했을 텐데, 혹시 전해 듣지 못했나?"

"들었습니다."

"그게 내 뜻이야."

박현은 자리에서 일어났다.

"나 먼저 쉬지."

"음?"

조완희가 어정쩡한 표정으로 박현을 올려다보았다.

"지하 좀 사용하자."

"……그래라."

조완희는 호효상을 짧게 일견하며 대답했다.

"이곳에 머무십니까?"

호효상의 질문에 박현은 대답하지 않고 별채로 건너갔
다.

"여기에 머물러야."

그가 무안해할까 봐 서기원이 재빨리 대답해 주었다.

"서 두령도 여기서 머무는가?"

"가끔? 히히."

서기원은 순박한 얼굴로 대답했다.

"그렇구려."

호효상은 고개를 끄덕이더니 조완희를 쳐다보았다.

"……?"

"당분간 신세를 져도 되겠습니까?"

"……예?"

"부탁드리겠습니다."

"아, ……그게."

"저에게는 일생이 달린 문제입니다."

한없이 진중하면서도 예를 차려 허리를 숙여 부탁했다.

"그……."

조완희가 난처하게 거절을 하려는 그때였다.

"그래야."

조완희의 눈이 동그랗게 떠졌다.

"내 집이다 여기고 편히 쉬어야."

서기원이 호효상의 어깨를 툭툭 두들기며 응원했다.

"여 조 박수 말이야."

"안 그래도 말씀을 많이 들었었습니다."

"그렇게 쪼잔한 아가 아니어야. 나도 오가며 가끔 지내는데 내 집처럼 편해야."

서기원은 그 뒤로 자신의 집인 것처럼 집 안을 쭉 설명했다.

"감사합니다. 당분간만 신세를 지겠습니다."

"……네."

"그럼 저는 박현 님을 다시 봬야 할 것 같아서."

"조기로 가서 지하로 내려가면 돼야. 거기 개인 연무실이어야."

호효상은 서기원이 손가락을 가리킨 방향을 눈으로 짚으며 자리에서 일어났다.

"그럼 잠시 실례하겠습니다."

호효상이 별채를 통해 지하로 내려가고.

"어디 있더라."

조완희가 히죽히죽 웃으며 자리에서 일어나 뭔가를 찾아 두리번거렸다.

"뭐 떨어뜨렸어야? 뭐야?"

"있어."

"뭔데 그래야? 내가 함께 찾아줘야."

"그거."

"그거?"

"그래 그거."

"……?"

　서기원은 고개를 들어 조완희를 보며 아리송한 표정을 지었다. 그런 그의 눈에 시퍼런 날이 선 곡도가 눈에 들어왔다.

"오늘 네놈이 들어갈 관짝."

　쑤아아아악!

　조완희는 야차 같은 표정을 드러내며 서기원을 향해 검을 휘둘렀다.

"오늘 네놈의 멱을 따지 못하면 내가 개새끼다. 오늘 너 죽고, 나 살자! 이 빌어먹을 도깨비 놈아!"

＊　　＊　　＊

그그극!

연무실로 통하는 두꺼운 돌문이 열리는 소리에 박현은 고개를 돌렸다.

열린 돌문으로 호효상이 안으로 들어왔다.

예상이라도 했던 모양인지 박현은 몸을 풀며 그를 향해 돌아섰다.

"죽어! 죽어! 그냥 죽어 이 깨비 새끼야!"

"아이고, 깨비 살려라. 조 박수가 깨비 죽인다."

조완희의 무지막지한 폭음과 서기원의 목 따는 소리가 들려왔다.

"이거 저 때문에……."

"아예 아니라고는 못 하지만 매일 저렇게 투닥거리는 사이니까 신경 쓰지 말고 문이나 닫아."

호효상은 조완희의 마음을 읽었었다. 하지만 얼굴에 철판을 깔고서라도 눌러앉아야 할 상황이기에 조완희의 마음을 모른 척 외면하며 서기원의 말을 덥석 받아들였다.

지금도 그랬다.

호효상은 조용히 문을 닫아 외부의 소음을 차단시켰다.

"제가 이렇게 찾아온……."

호효상은 박현을 향해 말을 꺼낼 때였다.

"크르르르."

박현의 몸이 한순간 커지며 진체를 드러냈다.

『안 그래도 진체에 익숙해질 필요가 있었는데 잘됐어.』

박현은 호효상을 향해 투기를 폭발시켰다.

"크으. 크허어엉!"

엄청난 압박을 이기지 못하고 호효상도 진체를 드러냈다.

"크르르르르르!"

"크르르르르!"

두 마리의 호랑이가 서로를 향해 이빨을 드러냈다.

『이게 호족의 진체로군.』

박현, 백호는 호효상, 황호를 탐색하듯 천천히 그의 주변을 돌았다.

『뭐하자는 겁니까?』

『뭐하기는. 너를 설득해 보려는 거지.』

『…….』

박현의 어이없는 말에 호효상은 미간을 찌푸렸다.

『그냥 그렇다는 거야. 나도 핑계가 하나쯤은 있어야하지 않겠나?』

전체적으로 호효상의 탐색을 마친 박현은 신형을 낮췄다.

그리고 잠시 가라앉혔던 투기를 다시 드러냈다.

"크르르르르!"

그 투기에 호효상도 물러나지 않았다.

왜 박현이 이렇게 도발하는지 알아차렸다.

그는 자신을 연습 상대로 보는 것이었다.

『후회할 겁니다.』

호효상, 황호는 경고했다.

『나는 살면서 후회라는 걸 해 본 적이 없어.』

그가 제대로 나오자 박현은 흡족한 미소를 띠며 단숨에
그를 향해 뛰어나갔다.

"크허어어엉!"

박현은 단숨에 그의 옆을 차지하는 동시에 그의 목을 향
해 날카로운 발톱을 휘둘렀다.

"크하아아앙!"

호효상도 그에 굴하지 않고 어깨를 내주며 박현의 가슴
을 향해 발톱을 휘둘렀다.

서걱— 서걱—

몇 줄기의 핏방울이 둘 사이에서 튀었다.

『......!』

박현은 생각보다 진한 고통에 뒤로 물러났다. 동시에 호
효상도 생각보다 강렬한 일격에 놀란 듯 거리를 벌렸다.

"크르르르르."

박현은 손등으로 가슴에 흘러내리는 피를 스윽 닦았다. 고통만큼 깊은 상처는 아닌 듯싶었다.

『왜 호족이 반인반신 최강의 일족이라고 했는지 알겠군..』

단 한 번의 공수였지만 둘 다 제법 깊은 상처를 입었다.

그만큼 공격 하나하나가 치명적이었다.

"크르르르."

호효상도 고통에 나직하게 울음을 토했다.

"크허어어엉!"

박현은 잠시 시간을 둘 법도 한데 단숨에 다시 덮쳐 갔다.

"크하아아앙!"

호효상도 호락호락한 존재가 아닌 듯 빠르게 전의를 다잡으며 박현과 맞부딪혀 갔다.

날카로운 발톱은 서로의 몸에 깊은 상처를 남기고, 뾰족한 이빨은 피부를 찢었다.

비등했던 처음 공수와 달리 본격적인 싸움에서 박현은 확실히 열세였다.

하지만 십여 공방이 지나자, 여전히 기울어져 있지만 무게추가 서서히 균형을 맞춰져 갔다. 비록 경중의 차이는 있었지만 박현의 몸에서 피가 튀면 호효상의 몸에서도 피가 뛰었다.

"크항!"

"크헝!"

생각보다 묵직한 공격과 피해를 주고받자 누가 뭐라고 할 것도 없이 다시 거리를 벌리며 잠시 소강상태에 들어갔다.

"크르르르르."

호효상의 몸은 숱한 상처와 피로 물들어 있었다.

"크르르르르!"

하지만 박현은 더욱 많은 상처를 입고 은빛 하얀 털은 붉은 피로 점철되어 있었다.

『…….』

박현을 바라보는 호효상의 눈에는 놀라움이 담겨 있었다.

어느 방면이든 천재가 있다.

호효상의 눈에 비친 박현이 딱 그랬다.

타고난 싸움사의 기질, 그 기질을 한층 빛내주는 센스.

'이제 고작 한두 번일 텐데.'

인간체에서 진체로 변신하면 마치 커다란 탈을 쓴 것처럼 어색하다. 바라보는 시야의 높이도 달라지고 뻗고 거두는 손발의 길이도 다르다.

거기에 힘과 민첩까지.

한마디로 이성적 사고를 제외하고는 모든 것이 바뀐다.

당연히 움직임이 무뎌지고 어색할 것이다.

박현도 처음에는 그랬다.

어색하고, 무뎠다.

하지만 그는 그에 굴하지 않고 목숨까지 위태로울 만큼 극한에 이를 정도로 집요하게 싸웠다.

그 과정에서 빠르게 그는 진체에 적응했고, 그것으로도 모자라 서서히 그를 몰아붙이기 시작했다.

그에 호효상은 그의 자신감, 우월한 능력 등 박현의 모든 것이 마음에 들지 않았다. 그에 한 번쯤 쓴맛을 보여줄 요량으로 진체 특유의 기술로 그를 더욱 매섭게 몰아쳤다.

한 달 이상 요양을 시킬 독한 마음으로 그의 몸을 난도질하기 시작한 것이었다.

더욱 매섭게 그를 몰아치자 그도 더욱 독하게 맞부딪혀 왔다.

그리고 다시.

그는 자신의 기와 술을 따라하며 마치 복사하듯 자신의 것으로 만들어 가기 시작하였다. 그것으로 끝나지 않고 그에 더해 자신의 몸에도 깊은 상처를 입혀가기 시작한 것이었다.

그리고 마침내 서로 깊은 상처를 남기고 물러났다.

'이대로는 그뿐만 아니라 자신도 자리를 보전하고 눕게 생겼다.'

호효상은 고통에 눈가를 찡그리며 뒤로 한 걸음 물러났다.

『그만하심이 어떻습니까?』

자존심이 상하지만 여기까지였다.

『나는 이제 시작인데.』

고통에, 가벼운 탈진으로 박현은 온몸을 파르르 떨면서도 호효상을 향해 더욱 거친 기운을 발산했다.

『정녕 누구 하나 죽어야 끝낼 참입니까!』

『걱정 마! 그게 나는 아닐 테니까. 그리고 나는 이렇게 살아왔어.』

『후회할 겁니다!』

호효상의 눈에서 분노와 함께 은은한 살기가 배어 나왔다.

『안 한다니까.』

박현은 다시 그에게로 몸을 날렸다.

"크하아아아앙!"

그의 공격에 호효상은 살기를 담아 포효하며 더욱 매섭게 그에게로 달려들며 빠르게 발톱을 휘둘렀다.

『……!』

눈앞에서 갈기갈기 찢어질 듯한 박현의 신형이 사라졌
다.

"크허어엉!"

옆에서 들려온 포효에 호효상은 눈을 부릅뜨며 고개를
돌렸다.

박현은 벽을 마치 평지처럼 달려 그의 뒤를 점하며 달려
들고 있었다.

『미, 미친!』

아무리 전설 속의 백호라지만 이제 겨우 탈피한 애송이
였다.

풍기는 기운이야 타고난다고는 하지만.

'하지만! 나도, 나도 강하다!'

"크하아아앙!"

호효상도 울음을 터트리며 그를 향해 크게 한 걸음 내디
디며 앞발을 휘둘렀다.

"크허엉!"

박현은 허공에서 몸을 틀어 호효상의 머리를 뛰어넘었
다.

『……!』

호효상은 생각지도 못한 그의 몸놀림에 눈동자가 잠시

흔들렸다. 하지만 그는 이를 악문 채 종아리에 힘을 주고 허공으로 뛰어올라 그의 가슴과 배를 발톱으로 베었다.

그그그극— 가각!

확실하게 그의 가슴과 배를 배었다.

피가 한 움큼 툭 떨어졌다.

『이기는 것은 나……. 컥!』

갑자기 뒷덜미에 강한 충격이 전해졌다.

뒤로 넘어간 박현이 끝내 자신의 뒷덜미를 물은 것이었다.

"크허어어어……"

고통과 함께 시야가 마구 흔들렸다.

"컹!"

그리고 이내 의식이 끊겼다.

호효상의 뒷덜미를 물고 거칠게 흔들던 박현은 그의 몸이 축 늘어지자 바닥에 내팽개치며 몇 걸음 흐느적 뒷걸음질 쳤다.

"크르르르르르."

그리고 울었다.

"크허어어어엉!"

이어 고개를 들어 승리의 함성을 내질렀다.

꽈당!

포효가 끝날 때쯤 그의 몸은 뒤로 넘어갔다.

*　　　*　　　*

"휴우——."

박수무당 조완희는 별채 사랑방에 나란히 누워 있는 박현과 호효상을 내려다보며 한숨을 푹 내쉬었다.

"음메~ 저 산이 다 메밀묵이어야? 쩝쩝. 드르렁! 우메! 우메! 저 강이 막걸리여야? 드르렁! 컥컥~ 쿨!"

구석에는 도깨비 서기원이 꾸벅꾸벅 졸고 있었다.

"터가 안 좋나?"

조완희는 잠시 천장을 올려다보며 중얼거리고는 밖으로 나갔다.

빠각!

"으아악!"

물론 지나가는 길에 서기원의 옆구리를 걷어찬 것은 당연지사였다.

만 하루가 지나고.

다음 날 늦은 오후에 박현은 눈을 떴다.

그 사이 그의 몸에 난 상처도 상당히 아물어 있었다.

"크윽!"

하지만 고통은 여전했다.

그만큼 몸에 난 상처가 깊은 탓이었다.

"일어났어야."

박현은 서기원의 도움을 받아 벽에 기댔다.

겨우 숨을 돌린 박현은 고개를 돌려 여전히 정신을 차리지 못하고 누워 있는 호효상을 쳐다보았다. 그를 바라보는 박현의 눈빛은 깊어졌다.

"잠만 기다려야. 내 미음 내와야."

서기원의 목소리를 듣는 둥 마는 둥 박현은 어젯밤 싸움을 복기했다.

'아직은 어설퍼.'

어찌어찌 그를 따라잡았지만 진정 목숨을 걸고 싸웠다면 자신의 필패였다. 처음부터 호효상은 손에 사정을 두었기에 그의 싸움 기술을 하나하나 흡수할 수 있었던 것이다.

'좀 더 익숙해져야 해. 좀 더.'

"어여 한 술 떠야."

서기원의 목소리에 박현은 눈을 떴다.

"그래도 니는 확실히 달라야. 며칠이면 털고 일어날 수 있어 보여야."

서기원은 숟가락을 쥐여 주며 신기해하는 눈으로 박현의

상처를 바라보았다.

그 말에 박현은 고개를 돌려 호효상을 쳐다보았다.

그의 몸을 칭칭 감고 있는 붕대 곳곳에는 옅은 피가 배어 있었다. 자신처럼 상처가 아물지 않았다는 의미였다.

'진짜 나는 다른 존재인가 보군.'

박현은 복잡한 생각을 털며 수저를 들었다.

미음을 비워낸 박현은 서기원을 앉혔다.

"기원아."

"왜야?"

"저 친구 깨어나려면 얼마나 걸릴 것 같나?"

"그래도 호족이니 한 달이면 털고 일어나지 않을까 해야."

"한 달이라."

너무 길다.

힘을 좀 더 빠르게 키워야 할 필요가 있었다.

그제 한 달이라는 무급 휴가도 낸 터라 시간도 넉넉했다.

박현은 서기원을 지그시 바라보았다.

묘한 그 눈빛에 서기원이 움찔했다.

"왜, 왜, 왜 그렇게 봐야."

"남았지?"

"뭐, 뭐를야?"

"전에 나한테 준 거. 그 무슨 공청 어쩌고."

그 말이 떨어지기가 무섭게 서기원은 고개를 격하게 흔들었다.

"없어야. 다 먹었어야. 진짜야! 없어야!"

과한 부정.

부정의 부정은 긍정이었다.

"우리 친구 맞지?"

"……야."

서기원은 기어가는 목소리로 대답했다.

"친구끼리는 거짓이 없어야 한다는 게 내 생각인데."

"나 거짓말……."

"남은 거 하나만 줘."

서기원의 말이 끝나기도 전에 박현이 손을 다시 내밀었다.

"부탁한다."

"이, 이~, 이잉~."

서기원의 얼굴이 일그러지더니 소처럼 커다란 눈에 눈물이 덜그렁 맺혔다.

"내 이 은혜는 꼭 갚으마."

박현은 더 이상 서기원을 다그치지 않았다.

조완희를 통해 그 약이 얼마나 귀한 것인지 알았기 때문이었다. 사실 평소라면 이렇게 뻔뻔하게 굴지 않았을 것이다. 하지만 빠르게 힘을 키우려면 어쩔 수 없었다.

"너 좋아하는 메밀묵이랑 막걸리. 내 평생 사 줄게."

그 말이 어느 정도 위안이 되었는지 서기원은 오랜 고민 끝에 도깨비 주머니에서 자그만 병 하나를 꺼냈다.

그리고 부들부들 떨리는 손으로 박현에게 넘겼다.

"고맙다."

"그 말 꼭 지켜야."

"남아일언 중천금이라고 했다. 지키마."

박현은 약병을 꼭 쥐며 다시 입을 열었다.

"그리고 부탁 하나만 더 하자."

"……뭐야?"

"나 데리러 온 북쪽 야산."

"거기는 왜야?"

"나 거기에 한 번 더 데려다 줘."

"그거야 어렵지 않은디…… 왜야?"

"있어."

박현은 희미하게 웃으며 약병을 열어 단숨에 들이켰다.

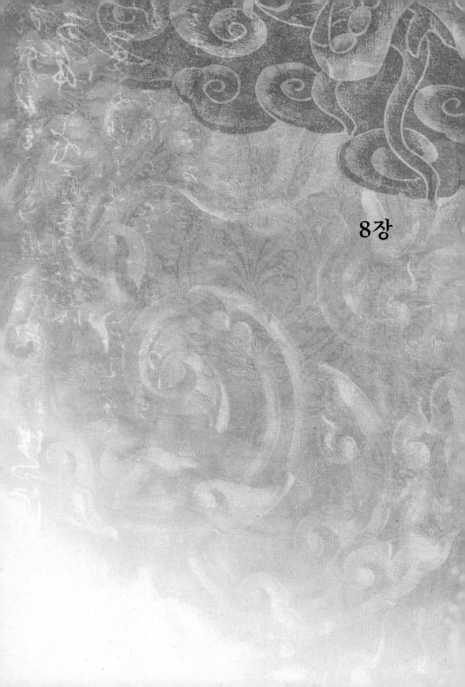

8장

박현은 도깨비 서기원의 비전 특제약 삼산공청수를 마시고 하루를 더 요양했다. 확실히 엄청난 약제가 분명한 듯 완쾌하지는 못했지만 하루 만에 자리를 털고 일어날 수 있었다.

　그리고 아침도 거르며 서기원과 함께 해태를 만났던 곳, DMZ 너머 야산으로 왔다.

　"한 달 후에 여기로 오면 돼야?"

　박현은 그를 바로 돌려보낸 후 먼 산을 쳐다보았다.

　대략 십여 분이 흘렀을까, 핑그르 세상이 뒤집혔다.

　'그다!'

박현은 해태가 자신을 느끼고 불렀음을 알아차렸다.

어지러움에 잠시 눈을 감았다가 떴다.

한 번 와 봤던 해태의 오두막 마당이 눈에 들어왔다.

『안으로 들어오너라.』

해태의 음성이 그의 머리로 스며들었다.

박현은 마당을 가로질러 자그만 창호문을 열고 안으로 들어갔다.

누런 콩기름 바른 한지가 장판을 대신해 바닥을 덮고 있었다.

아련한 추억이 떠올랐다.

다만 다른 점이 있다면 아랫목의 색이 진하지 않다는 점이었다.

"다시 뵙습니다."

박현은 해태를 향해 허리를 숙였다.

『아침을 들었느냐?』

"급한 마음에 아직 먹지 않았습니다."

『저기 항아리에서 알곡 몇 알 먹으면 허기는 면할 게다.』

그의 말대로 구석에는 자그만 항아리가 하나 놓여 있었다. 항아리 뚜껑을 열자 알싸하면서도 고소한 향이 풍겼다. 그 안에 담긴 것은 검은 빛이 살짝 감도는 눈깔사탕만 한 누런 환이었다.

박현은 대충 대여섯 알을 집어 들었다.

『그럭저럭 먹을 만할게다.』

"감사히 잘 먹겠습니다."

박현은 허기에 곡알 한 알을 입에 넣었다.

선식 특유의 텁텁함이 있었으나 전체적으로 진한 고소함과 옅지만 달달함이 함께 느껴졌다. 박현은 목이 살짝 막혔지만 천천히 씹어 삼켰다.

『목 막힐 터이니 차 한 잔 마시거라.』

"예."

박현은 해태가 따라준 미지근한 차를 단숨에 마셔 갈증을 해소한 후 빈 찻잔을 내려놓았다.

『이렇게 빨리 보게 될 줄은 몰랐구나.』

"받은 은혜가 있어 은을 보답하고자 찾아왔습니다."

『허허허허.』

해태는 박현의 몸을 쭈욱 훑으며 대소를 터트렸다.

『이틀 사이에 무슨 사고를 친지는 몰라도 그 몸으로 은혜를 갚겠다?』

해태의 눈매가 가늘어졌다. 그리고 박현은 뻔뻔하게 표정의 변화를 보이지 않았다.

『그래, 어떻게 본신을 돕겠다는 것이냐?』

"한 달 정도 해태님을 골치 아프게 하는 악귀들을 제거

할까 합니다.”

『껄껄껄껄.』

해태는 수염을 쓰다듬으며 여전히 얼굴에 웃음기를 담고
있었지만 눈빛은 착 가라앉아 있었다.

'흠.'

그 눈빛은 자신의 마음을 꿰뚫는 것처럼 느껴졌다.

아니, 아마도 자신의 마음을 꿰뚫고 보고 있는 것이 분명
했다.

“전후야 어찌 되었든 돕게 해 주십시오.”

『참으로 낯짝이 두꺼운 놈이로구나. 네놈 꼴을 보니 실
전을 원하는 것 같은데.』

“……”

『이제 막 걸음마를 내디딘 녀석이 뛰겠다라. 맹랑하기
짝이 없어. 끌끌끌끌.』

해태는 박현을 향해 허리를 살짝 숙여 얼굴을 가져갔다.

『그리고 본신이 네 녀석의 도움이 필요하다 여기느냐?』

해태의 몸에서 거센 기운이 솟아나 박현의 양어깨를 짓
눌렀다.

'끄으으으!'

당장이라도 허리가 접혀 버릴 것만 같은 압박에 박현은
이를 악물고 버텼다.

"흐읍─, 후우우─."

숨도 턱턱 막혔다.

"……인생이 지랄 맞아 거칠 길거리에서 자랐습니다. 크흡, 후우─. 선의가 담겼든 측은이 담겼든 누군가의 호의가 있다면 최대한 받아내고, 뜯어내며 자랐습니다. 그래야 살 수 있었으니까요."

박현은 힘겹게 말을 내뱉었다.

『본신이 호의를 줄 것 같았다?』

"아니었습니까?"

박현은 벌겋게 충혈된 눈으로 해태를 노려보며 소리쳤다.

『그 믿음이 네 녀석의 목줄을 끊을 수도 있어.』

"여전히 저에 대한 호기심을 풀지 못했지 않습니까."

『…….』

"손자가 살아온 이야기라도 들어보시지 않으시렵니까?"

박현은 그가 자신을 소개할 때 먼 친척 할애비라고 했던 말을 떠올렸다.

『커험!』

해태도 자신이 했던 말이 떠올랐는지 헛기침을 내뱉었다. 동시에 박현을 압박하던 기운도 사라졌다.

『어디 한번 해 보아라.』

해태는 멋쩍게 입을 열었다.

여전히 박현에 대한 호기심이 사라지지 않은 탓이리라.

『허어―. 그랬구먼, 그랬어. 이런, 이런. 허어―.』

박현은 특별한 가감 없이 어릴 적 일부터 지금까지 자신이 자라온 이야기를 담담하게 풀었다.

그러는 사이 해태는 때로는 안타까운 듯 한탄을 하거나, 때로는 무릎을 치며 손바닥을 치기도 했고, 어떨 때는 무거운 표정으로 고개를 끄덕였다.

"하여 이렇게 어르신을 다시 찾아온 것입니다."

『흠. 고 가문이 아직까지 대를 잇고 있었구먼.』

해태도 천가에 대해서 알고 있었던 모양이다.

『그래, 그런 것이로군. 그 연놈들이 열은꾀를 쓰고 있었구먼. 하긴 동해의 용왕[1]과 척을 지지 않으면서도 미래의 적을 사전에 제거할 수 있으니. 끌끌끌.』

해태는 고개를 주억이며 박현을 쳐다보았다.

『그리고 마지막 핏줄이 너의 무녀가 되었고?』

"그런 거 같습니다."

『네 녀석의 인생도 참으로 기구하구나.』

박현은 쓴웃음을 지었다.

『이야기는 재미있었다만은.』

해태의 말에 박현의 얼굴이 굳어졌다.

『네놈은 무얼 믿고 본신에게 너의 대한 이야기를 모두 말한 것이더냐? 만약 본신이 너의 믿음을 배반하고 봉황에게 말하면 어떡하고?』

"팔자가 제 생각보다 더 지랄 맞은 것이겠죠."

『껄껄껄껄껄.』

해태는 큰 웃음을 터트렸다.

『하늘님께서는 큰 신에게는 그가 가질 힘만큼 큰 고난을 주는 법이니라. 그래도 네 팔자는 그리 지랄 맞지는 않은 모양이구나.』

그 말에 박현은 주먹을 꽉 쥐었다.

직감에 따른 도박이 통한 것이었다.

그러한 안도감을 미처 만끽하기도 전에.

『허나 본신이 너를 딱히 도와줄 것은 없다. 봉황 그 고약한 것이 마음에 들지 않지만 본신 역시 그들과 척을 질 수는 없는 노릇이니.』

"……."

밝아졌던 박현의 표정은 단숨에 굳어졌다.

『이놈아.』

해태는 그 표정에 농 짙은 얼굴로 박현을 불렀다.

"……."

『한국말은 끝까지 들어 봐야 안다는 말도 모르더냐.』

해태의 말에 박현의 눈이 동그랗게 떠졌다.

『본신이 너를 돕지는 못해도 아니 돕지도 않을 것이다.』

"……?"

박현은 무슨 뜻인지 바로 파악하지 못했다.

『말년에 먼 손자 덕분에 쑤시는 뼈다귀를 좀 덜 놀리겠구나. 적당히 표 나지 않게 놀고 가거라.』

친근감이 담긴 부드러움이었다.

박현은 내친 김에 한 걸음 더 가 보기로 했다.

"이왕이면 '먼' 자는 빼시지요."

『뭐야?』

"이왕이면 손자가 낫지 않겠습니까?"

그 뻔뻔함에 해태는 기가 찬 듯 박현을 쳐다보았다. 박현은 그 눈빛을 피하지 않았다.

『물려줄 것도 없고, 어쩌면 짐만 될 것을 줄지 모르는데도. 괜찮겠느냐?』

"그래도 여차하는 순간 고얀 연놈들에게서 목숨만은 구해 주실 거 아닙니까?"

『허허허. 고얀·놈. 물에 빠진 놈 구해 주었더니 숫제 보따리가 아니라 기둥마저 뽑아달라고 떼를 쓰는구나.』

해태는 그만 기가 막혀 헛웃음을 터트렸다.

"피차 외로운 마당에 이참에 손자 하나 두시지요."

『허허, 허허허허허허.』

박현의 재촉에 해태의 헛웃음이 이어졌다.

*　　　*　　　*

박현이 별왕당을 떠나고 하루가 지나 늦은 오후에 호효상이 눈을 떴다.

"끄윽."

"정신이 좀 들어야."

도깨비 서기원은 박수무당 조완희의 잔소리 구박에 어쩔 수 없이 하루 종일 호효상 옆에 붙어 있었다.

"여기는……, 끄으."

"별왕당 별채야. 그리고 몸 상태가 안 좋아야. 무리하지 말고 누워 있어야."

"그, 그자는……."

호효상은 정신이 들자마자 박현을 찾았다.

"현이 말이어야?"

"끄윽."

호효상은 고통에 얼굴을 일그러트리며 고개를 끄덕였다.

"한 달 후에 너랑 한 판 더 붙는다고 수련 갔어야."

"수, 수련?"

호효상은 서기원을 보며 의아하게 쳐다보았다.

"야. 한 판 더 붙겠다 해야. 몰랐어야?"

서기원이 오히려 몰랐냐며 되물었다.

"하하……."

호효상은 허허로운 웃음을 터트렸다.

"여튼 어서 몸 추스르고 준비하고 있으라고 전해 달라 했어야."

서기원은 자리에서 일어났다.

"잠만 기다려야. 내 미음 가져다 줘야. 그거 묵고 약 묵어야."

서기원이 방을 나가고.

"크크크크크크. 쿨럭! 쿨럭!"

호효상은 격하게 웃음을 터트렸다가 기침을 내뱉었다.

"한 달? 백호라 이건가? 언젠가는 네가 나를 밟고 올라가겠지만 다음번에는 이번과 다를 거야. 내가 너의 목을 잡아뜯어 주지!"

호효상의 눈에 강렬한 투기가 피어올랐다.

*   *   *

시간이 흘러.

솨— 솨— 솨— 솨— 솨—

박현은 풍경을 접으며 빠르게 달려 나가고 있었다.

축지술이었다.

상처가 아물자마자 해태는 박현에게 축지술을 가르쳤다.

축지술은 반신이라면 자연스레 아비나 어미, 혹은 일족으로부터 배우고 익히는 것이었다. 걸음마와도 같은 축지술마저 배우지 못한 박현이 딱했는지 해태는 틈틈이 그에게 축지술을 가리켰다.

내심 축지술이 부러웠던 박현은 기뻐했지만 축지술은 생각보다 쉽지 않았다.

자신의 기운을 시야에 담고, 시야에 닿는 곳에 자신의 기운을 머물게 해야 했다. 그리고 그 기운을 끌어당겨 품에 안으며 걸음을 내디뎌야 했다.

숨처럼 자연스럽게 해야 하는 것도 모자라 걸음걸음마다 기운을 보내고 받아들여야 했다.

이게 생각보다 만만한 것이 아니었다.

"헛!"

박현은 갑작스럽게 눈앞으로 다가온 거목에 눈을 부릅뜨며 양팔을 교차해 몸을 보호했다.

쾅!

박현은 나무에 부딪혀 뒤로 튕겨나갔다.

"크—."

박현은 충격에 머리를 털며 정신을 깨웠다.

'이거 기원이에게 길 잘못 들어섰다고 타박할 일이 아니군.'

순간 시야를 잘못 둬 벽에 부딪히는 것은 대수였고, 강물에 빠지기가 다반사였다. 그나마 북쪽에 차가 없어 망정이지 남쪽이었으면 자칫 도로에 들어섰다가 차와 부딪히기 딱이었다.

"끄응, 여긴 또 어디야?"

박현은 눈을 감고 기운을 얇게 펴 사방으로 퍼트렸다.

더불어 배운 것이 하나 더 있었으니 그건 바로 기감의 수발(受發)이었다. 자유로운 수발을 통해 주변을 좀 더 명확하게 살필 수 있는 기예였다.

기운이 넓게 퍼지면 퍼질수록 박현은 힘에 부치는 듯 숨결이 거칠어졌다.

'찾았다!'

숨이 턱 막히기 일보직전에 박현은 눈을 번쩍 떴다.

박현은 기감에 걸린 악기를 향해 다시 발걸음을 옮겼다.

『네가 승천시킬 녀석은 한 백 살쯤 된 애송이 두
  억시니다. 너무 어려 귀엽게 봐줬더니 요즘 들어 악

행이 도를 지나치는구나. 네가 상대하기에 무리가
없을 테다.』

해태의 말을 떠올리며 박현은 빠르게 달려 나갔다.

*　　*　　*

어느 자그만 촌마을 뒷산.

"꺄아아악! 사, 살려주세……."

겁에 질린 어린 소녀가 십 대 후반으로 보이는 깡마른 소
년 앞에서 새파랗게 질린 얼굴로 벌벌 떨고 있었다.

"나를 와 무시혀?"

"잘못했습니다. 잘못했습니다."

소녀는 두 손이 발이 되도록 빌고 또 빌었다.

"내가 더러워?"

십 대 후반의 깡마른 소년, 그의 머리는 몇 날을 감지 못
한 듯 떡이 져 봉두난발이었고, 옷은 해어져 있었으며 얼굴
에는 땟국물이 주르르 흐르고 있었다.

하지만 소녀는 서슬 퍼런 소년의 눈에 고개를 세차게 흔
들었다.

"거짓말하지 마!"

소년, 어린 두억시니는 분노를 터트렸다.

"헉!"

소년, 두억시니의 몸은 서서히 새빨갛게 변해 갔다. 그리고 이마 한 중앙에서 뿔이 솟아났다.

"키키키키키키."

두억시니는 혀를 날름거리며 히죽히죽 웃었다.

"꺄아아아악!"

두억시니가 소녀에게 다가가자 소녀는 필사적으로 도망치기 위해 땅바닥을 기다시피 달리려 했다. 두억시니는 그런 소녀의 다리를 움켜잡아 얼굴 가까이 잡아당겼다.

"꽃제비[2]라 그런 거야? 응?"

"아―, 아―, 아."

"내가 이런 모습이 된 게 다 너희들 때문이잖아! 왜! 왜! 내가 많은 것을 바랐어? 그깟 떡 하나, 감주 한 잔 달라고 한 게 다인데!"

길길이 분노를 토해내는 두억시니의 눈이 뱀처럼 누렇게 변했다. 그 눈동자에 소녀는 공포가 극에 달했고, 비명조차 지르지 못하고 숨을 헐떡헐떡 쉬었다.

"내가 꽃제비가 된 건 다 너희들 인간 때문이야!"

두억시니가 그런 소녀의 목을 움켜잡자 그녀는 그대로 정신을 잃고 축 늘어졌다.

두억시니는 소녀의 머리맡으로 다가가 쭈그려 앉았다.

"머리를 때려 부술까? 아니면 음기를 취하고 병을 줄까?"

두억시니는 소녀의 머리를 내려다보며 깊은 고민에 빠졌다.

"그러게. 네놈의 머리를 부술까? 아니면 목을 따줄까?"

낯선 목소리에 두억시니는 눈을 번쩍 뜨며 고개를 돌렸다.

그 시선 끝에는 박현이 서 있었다.

"에고, 깜짝이야. 그냥 가라~ 나 지금 바쁘니까."

짝!

두억시니는 귀찮다는 듯 손을 휘휘 젓다가 갑자기 손바닥을 탁 쳤다.

"히히히히. 네놈 머리를 부수고, 이년에게 병을 주면 되겠네."

그리고는 벌떡 자리에서 일어나 박현을 향해 천진난만한 아이처럼 꺄르르 웃었다.

"너 이……."

두억시니를 향해 투기를 드러내던 박현은 순간 지워졌던 기억이 떠올랐다.

일산 창고.

그리고 두억시니 패거리.

그들의 악행.

자신의 탈피.

지워진 기억이 떠오르며 그를 바라보는 박현의 표정은 야차처럼 무섭게 변했다. 더불어 단순한 투기가 짙은 살기로 변했다.

"그래, 그래. 두억시니. 두억시니였단 말이지."

박현은 웃음에 살의를 담았다.

"키키키키키키!"

두억시니는 망나니처럼 덩실덩실 춤을 추며 허공에서 작두칼 하나를 꺼내 잡았다.

수악— 수악— 수악—

매서운 칼날이 귀신의 기운을 불러왔다.

박현은 목과 손가락을 두둑 접으며 두억시니를 향해 걸음을 내디뎠다.

우두두둑— 두둑!

박현의 몸이 거대해지며 진체를 드러냈다.

"크허어어엉!"

그의 울음은 야산을 뒤흔들었다.

파다닥! 파다다닥!

그 울음에 산새가 하늘로 날아올랐고, 동물들이 숨을 죽이며 몸을 감췄다.

"히익!"

기세 좋게 칼춤을 추던 두억시니는 백호 진체를 보자 눈을 화등잔처럼 뜨며 움찔 뒤로 물러났다.

『애송아. 내가 너희 일족에게 쌓인 게 좀 많다.』

박현은 살기를 드러내는 동시에 그를 향해 달려 나갔다.

"허억!"

태산 같은 신기에 두억시니는 허겁지겁 몸을 돌려 달아가기 시작했다.

"크허엉!"

설마 칼 한 번 부딪히지도 않고 도망칠 줄 몰랐던 박현, 백호는 잠시 멍하니 꽁지 빠져라 도망치는 두억시니의 뒷모습을 바라보았다.

『젠장!』

하지만 박현은 이내 정신을 차리고 몇 걸음에 반체로 변해 그를 뒤쫓았다.

축지로 따라가는 것이 가장 효율적이고 빨랐지만 아직 익숙하지 않은 도술로 따라갔다가는 자칫 공간을 잘못 읽고 엉뚱하게 놓칠 수 있었기 때문이었다.

"크하아앙!"

박현, 호랑이는 두억시니를 쫓으며 얼굴을 일그러트렸다.

두억시니는 영악하게도 인간의 모습으로 변해 인근 도시로 들어섰기 때문이었다. 박현은 반체에서 다시 인간으로 신체를 되돌렸다.

"이 새끼, 잡히기만 해 봐라."

박현은 아공간에서 서둘러 준비해 둔 옷을 꺼내 입으며 이빨을 바득바득 갈았다.

"진짜 옷부터 어떻게 해결해야지."

박현은 서둘러 옷을 입고 그를 따라 도시로 스며들었다.

낯선 도시 풍경을 감상할 여유도 없이 박현은 두억시니의 뒤를 쫓았다.

두억시니도 자신을 쫓아오는 박현을 살피며 골목으로 파고들었다.

그리고 얼마나 달렸을까.

두억시니는 저 앞에서 이인일조로 짝을 지어 걸어오는 인민안전원[3]을 발견하자 망설임 없이 그들에게로 뛰어갔다.

"안전원 동무! 안전원 동무! 고저 남조선 옷을 입은 아새끼가 갑자기 쫓아오는데 수상합네다."

"뭣이기?"

두 안전원은 서로 눈을 마주치고는 저 뒤에 달려오는 박현을 쳐다보았다.

누가 먼저라고 할 것도 없이 소총을 들어 박현에게 겨누며 소리쳤다.

"멈추라우."

철컥!

박현을 멈춰 세우며 장전했다.

두 안전원의 총구에 박현은 이를 악물며 두 손을 들어올렸다.

"아새끼래 증말 옷이 이상한데 기래."

"남조선 물을 먹은기야? 아니면……."

안전원은 말을 하다 말고 총구를 다시 박현에게 겨눴다.

"당장 공민증⁴⁾ 내놔보라우."

"아새끼 머리도 이상하고, 날래날래 꺼내라우. 앙?"

두 안전원은 총구를 들이밀며 소리쳤다.

박현은 멀찌감치 히죽히죽거리는 두억시니를 보며 눈가를 파르르 떨었다.

박현은 천천히 손을 내려 아공간 가죽 주머니로 손을 가져갔다.

"요것 봐라."

안전원의 표정은 탐욕스럽게 바뀌었다.

"주머니째로 던지라우."

안전원은 총구로 주머니를 가리키며 말했다.

박현은 신력을 끌어올려 총구를 겨눈 두 안전원의 중앙을 바라보았다. 그리고 걸음에 신력을 담았다.

팟!

박현은 사라지듯 단숨에 두 안전원 사이에 모습을 드러냈다.

"헛!"

"헉!"

안전원이 놀란 눈으로 황급히 박현의 신형을 쫓을 때, 박현은 아공간 주머니에서 두 장의 부적을 꺼냈다.

망각부.

조완희가 북망산 망각주의 기운을 담아 만든 부적으로 곤란할 경우 쓰라고 몇 장 준 것이었다.

화르륵!

망각부는 박현의 신기와 맞물려 푸르스름한 빛을 발했다.

타닥!

박현은 빠르게 두 안전원의 안면에 망각부를 붙였다.

화르르르륵!

망각부에서 푸른 불이 일어 두 안전원의 얼굴을 감쌌다.

그 불에 두 안전부는 눈이 뒤집히며 석상처럼 멍하니 서 있었다.

박현은 자연스럽게 둘 사이를 지나 두억시니에게로 걸어나갔다.

"이 새끼. 곱게 죽을 생각은 버려라."

박현은 축지술로 단숨에 거리를 좁혔다.

"히익!"

두억시니는 기겁성을 터트리며 박현에게서 벗어나기 위해 골목길로 도망쳤다. 몇 번 골목길을 돌아 결국 두억시니는 막다른 골목길에 들어서고 말았다.

"후우—."

막다른 골목에 안절부절못하는 두억시니를 몰아넣은 박현은 목을 꺾으며 숨을 내쉬었다.

"그냥 한 번 살려주면 안 돼?"

두억시니는 몸을 움츠렸다.

"안 돼. 전염병을 오죽 퍼트렸어야 말이지."

"씨발, 내가 뭘 그렇게 잘못했다고!"

"그 전염병에 숱한 목숨이 죽어나갔어."

박현은 싸늘하게 말하며 가죽 주머니에서 한 장의 부적을 꺼내들었다.

진광대왕 사람이 죽어 저승에 가면 명부시왕에게 생전의

죄를 심판받는데 진광대왕은 명부시왕은 첫 번째 명부판관
이다. 처음 7일 진관대왕에게 눈이 지은 죄를 심판받게 된
다.

의 위세가 담긴 환영부(幻影符)였다.

박현이 도력이나 명부의 힘을 사용할 수 없기에 물질적
인 결막은 이루지 못하고, 허상으로 골목길을 은폐하는 부
적이었다.

화르르륵—

박현이 신력으로 부적의 기운을 깨워 던지자 부적은 은
은한 막이 되어 골목길을 에워쌌다. 안에서는 마치 반투명
유리로 골목길을 막은 것처럼 느껴졌다.

박현은 혹시나 두억시니가 결계를 뚫고 밖으로 나갈까
그의 움직임을 차단하며 마주섰다.

"조용히 승천하자. 응?"

차라라락—

박현은 신력을 끌어올려 건틀릿을 착용했다.

"썅. 그래, 나도 이판사판이라 이거야."

씨알도 먹히지 않음을 느낀 두억시니는 본체를 드러내며
망나니 칼을 뽑아들었다.

『왜 나만 죽어! 너도 죽어!』

두억시니는 망나니 칼을 휘두르며 박현에게 달려들었다.

박현은 빠르게 허리를 젖혀 망나니 칼을 피하며 옆구리
에 주먹을 박았다.

퍽!

『하앗!』

두억시니는 몸을 움찔거렸지만 큰 충격은 없었는지 곧바
로 망나니 칼을 번쩍 들어 올려 박현의 머리로 내려찍었다.

박현은 재빨리 양팔을 교차해 망나니 칼을 막았다.

쾅!

"큭!"

엄청난 힘에 박현은 그 힘을 온전히 이겨내지 못하고 한
쪽 무릎을 꿇으며 망나니 칼을 받아낼 수 있었다.

박현은 그의 품으로 파고들어 그의 다리 한쪽을 잡으며
태클로 두억시니의 균형을 무너트렸다.

콰당—

두억시니가 엉덩방아를 찧자 박현은 곧바로 진체를 드러
내며 날카로운 발톱을 내려찍었다.

콰앙—

박현, 백호의 발톱 아래에서 자욱한 먼지가 피어올랐다.

동시에 박현의 신형이 옆으로 돌아갔다.

어느새 몸을 뺀 두억시니가 허공으로 덩실덩실 떠오르며
박현, 백호의 뒷목으로 망나니 칼을 휘둘렀다.

박현은 반걸음 디뎌 망나니 칼을 피하며 그의 얼굴을 앞발로 후려쳤다.

　퍼어엉!

　상당한 파음과 함께 두억시니의 몸은 팽이처럼 허공에서 몇 바퀴 돌며 벽으로 날아가 부딪혔다.

　"크르르르르르."

　박현은 낮게 울며 두억시니를 향해 걸음을 내디뎠다.

　"간나 새끼."

　두억시니는 악에 받친 얼굴로 검은 피를 닦으며 자리에서 일어났다.

　"나 그냥 이렇게 안 죽어!"

　두억시니는 몸을 낮게 깔며 박현, 백호의 다리를 향해 망나니 칼을 휘둘렀다.

　파리한 빛이 담긴 것을 보면 그의 신력이 담긴 듯싶었다.

　쾅!

　박현, 백호는 훌쩍 뛰어올라 망나니 칼을 피하며 그의 등을 주먹으로 내려찍었다.

　"으악!"

　두억시니는 검은 피를 토하며 다시 바닥을 나뒹굴었다.

　'아차!'

　박현, 백호는 눈을 슬쩍 치켜세우며 입술을 깨물었다.

방금 그 한 수로 인해 박현, 백호와 두억시니의 자리가 뒤바뀌었다. 피를 게워낸 두억시니가 환영진을 향해 달려 나가기 시작한 것이었다.

좌아아악—

박현, 백호가 빠르게 달라붙었지만 두억시니는 결계를 찢고 3층짜리 건물로 뛰어올라갔다.

"낄낄낄낄낄. 이렇게 된 거 다 죽자! 다 죽어!"

박현, 백호가 그를 따라 옥상으로 올라가자 두억시니는 어느새 망나니 칼을 버리고 양손 가득 검은 기운을 모으고 있었다.

전염병을 만드는 사기(死氣)였다.

『시발.』

박현, 백호는 저도 모르게 육두문자를 내뱉었다.

"이건 네가 자초한 거야."

두억시니는 그 기운을 사방으로 뿌렸다.

『안 돼!』

박현, 백호는 빠르게 그를 덮쳤지만 두억시니의 행동이 더 빨랐다.

검은 기운이 사방으로 퍼지려는 그때였다.

쿠우웅!

거대한 기운이 옥상을 뒤덮었다.

*용어

1) 용왕: 용왕은 민간 물[水]의 신과 불교와 도교의 용신이 결합되어 만들어진 수호신이다. 농경을 보호하는 강우의 신이자, 풍파를 다스리는 바다의 신으로서 조상 대대로 농어민의 폭넓은 숭앙으로 받들었다. 본 소설에서는 바다의 신으로 청룡으로 설정하였다.

2) 꽃제비: 북한에서 집 없이 떠돌면서 구걸하거나 도둑질로 연명하는 어린 아이들.

3) 인민안전원: 인민 보안원 혹은 인민 안전원. 북현의 경찰조직 인민보안성의 조직원이다. 계급은 군과 동일하며 간부급은 군과 인민보안성 사이에 순환 근무를 한다. 그렇기에 경찰 임무보다는 전투에 능하다며 일반적으로 안전원이라고 호칭한다고 한다.

4) 공민증: 북한 주민등록증.

9장

쿠웅!

푸르스름한 얇은 막이 옥상을 뒤덮었다.

츠츠츠츠츠!

그러자 두억시니의 손에서 사방으로 뻗어나가던 검은 기
운이 거짓말처럼 사그라졌다.

『너 이 새끼!』

박현, 백호는 단숨에 달려가 두억시니의 머리를 앞발로
후려쳤다.

퍼억—

일격에 두억시니의 몸은 산산이 부서지고 검은 연기가

되어 사라졌다.

『......!』

물론 한 방에 그를 제압하고자 강하게 후려친 것 또한 사실이었지만 그 전에 손에 걸리는 느낌은 마치 허상을 친 것처럼 반발력도 없었다.

어리둥절해 있는 박현, 백호 앞으로 해태가 내려섰다.

『쯧쯧쯧.』

해태는 그런 박현, 백호를 향해 나직하게 혀를 찼다.

『내 그리 조심하라 일러줬거늘.』

『하아—.』

박현, 백호는 아찔했던 상황을 떠올리며 바닥에 주저앉았다.

만약 그 기운이 사방으로 퍼졌다면 무고한 사람들이 수백 수천 아니 북한의 사정을 따지면 몇 만은 그냥 죽었을 것을 생각하자 아찔함을 넘어 공포가 찾아왔다.

『감사합니다. 그리고 죄송합니다.』

약간의 시간이 흘러 마음의 안정을 찾은 박현, 백호는 자리에서 일어나 해태에게 허리를 숙이며 사과했다.

『하찮은 악귀들이라고 해도 그들도 엄연한 신(神)이다. 대별왕님의 노여움을 받아 억겁의 시간동안 팔열팔한지옥(八熱八寒地獄)[1]에 들어선다 하더라도 악에 받쳐 세상을 파멸로 몰고 갈 수 있음이야.』

『면목 없습니다.』

『더욱 명심해라. 너의 행동이 재해를 불러올 수 있음을.』

해태는 다부진 목소리로 박현, 백호를 훈유했다.

『제가 너무 가벼이 생각했던 것 같습니다.』

『신이라 한들 하늘님이 아닌 이상 누구나 실수를 하는 법이다. 너무 자책할 필요는 없다. 하지만 마음에 깊이 새겨야 할 게야.』

『예.』

입이 두 개라도 할 말이 없을 뿐이었다.

『돌아가자.』

훈유가 끝나자 찬바람이 불던 해태의 목소리는 따뜻한 훈풍처럼 인자하게 바뀌었다.

박현, 백호는 진체를 풀어 다시 인간의 모습으로 돌아갔다.

"하아—."

박현은 레깅스 같은 짧은 내의를 보고는 한숨을 내쉬며 아공간에서 옷을 꺼내 입었다.

'이거 옷이 감당이 안 되네.'

진체나 반체로 변신하였다가 다시 인간의 모습을 돌아왔

을 때 몸을 가려주는 이 하의는 호촌의 족장 호치강이 선물로 준 것이었다. 그 당시에는 전라가 되지 않는다는 마음에 기뻤지만 곰곰이 생각해 보니 이런 옷이 이것뿐이라는 법도 없었다.

반인반신이 호족만 있는 것도 아니고, 동양에만 있는 것도 아니었다.

'분명 이와 관련된 물품이 있을 거야.'

* * *

딸랑~

"어서 오십시……. 이게 누구신가? 조 박수랑 왔던……. 어서 오시게."

암전 풍의 노 사장이 박현을 보자 반가운 미소를 지었다.

"네."

박현은 가볍게 묵례로 인사를 대신하며 진열장으로 다가섰다. 박현은 해태에게 양해를 구하고 잠시 서울로 내려왔다.

"벌써 물건에 하자가 있어서 왔을 리는 없고. 필요한 거라도 생기신 건가?"

노 사장은 한껏 영업용 미소를 지으며 물었다.

"제가 반신인 건 들어 아시지요?"

"기억하네."

"매번 옷이 남아나지 않습니다."

"옷이?"

노 사장은 고개를 갸웃거리다가 눈을 동그랗게 떴다.

"설마."

노 사장은 어처구니없다는 듯 웃으며 손을 한 번 저었다가 진지한 표정의 박현의 모습에 웃음을 지웠다.

"진심인가?"

"……."

"진심이군."

노 사장은 어정쩡한 웃음을 지으며 물었다.

"골치 아팠겠군."

"골치보다는 민망함이 더 큽니다."

박현은 쓴웃음을 지었다.

"그래도 호족 족장께서 바지를 하나 주셔서 그나마 전라는 면했습니다."

"바지?"

"사이클 선수들이 입는 허벅지까지 덮는……."

"초기형 아니면 내의형 무구복인 모양이구먼. 더 말 안해도 알겠네."

노 사장의 입에서 박현이 원하던 말이 나왔다.

"하긴 자네는 어느 소속도 아니라고 했었지."

얼추 사정을 알겠다는 듯 그는 고개를 끄덕이며 몇 가지를 물었다.

"호족이면 진체와 반체로 변하겠구먼."

"그렇습니다."

"진체 때야 당연히 무구복을 입고 있을 테고."

그 말에 박현은 고개를 끄덕였다.

"반체일 때도 입고 있나?"

반체일 때는 내의는 없었다.

박현이 고개를 가로젓자 노 사장은 고개를 주억이며 진열대에서 뭔가를 주섬주섬 꺼냈다.

"자네가 입고 있는 건 내의형 무구복이야. 그러니 그냥 그건 입어도 되네. 그래도 두어 벌 있는 게 편하니 한두 벌 사는 게 좋아. 그리고 여기서 마음에 드는 걸 골라보게."

자신이 입고 있는 옷과 비슷한 바지를 색별로 서너 장 꺼냈고, 몇 가지 물건을 진열대 위에 올려놓았다.

"여기 내의형 무구복은 확실하게 몸을 보호해 주네. 그리고 여기의 무구는 지금 입고 있는 옷을 일정 공간에 저장해 주는 역할을 하지."

몇 가지 보여준 것은 반지부터 목걸이, 시계까지 다양한 형태의 악세사리였다.

"내의형이 필요합니까?"

박현은 그가 꺼내놓은 내의형 무구복을 가리켰다.

"마탑에서는 마나(mana)라고 하는데, 어쨌든 기(氣)의 파동이 자칫 흔들리거나 깨어지면 그냥 푸학! 옷 자체가 터지거나 사라지네."

노 사장은 양손을 모았다가 활짝 펴며 입으로 터지는 소리를 만들어냈다.

"요즘은 마법 기술이 발전해 그럴 확률은 많이 없어졌다고는 하지만 아주 없는 건 아니네. 그래서 보험처럼 내의형 무구복을 안에 입지."

박현은 고개를 끄덕이며 악세사리형 무구를 훑어보았다.

"이밖에 귀걸이도 있기는 하지만 자네가 그걸 쓸 것 같지는 않고. 하나 보여드릴까?"

"아니요, 괜찮습니다."

박현은 고개를 저으며 늘여놓은 것을 쳐다보았다.

"디자인이 마음에 안 드나?"

"아주 딱 마음에 드는 건 없군요."

"아니면 커스텀으로 주문할 수 있네. 원하는 회사의 것을 말해 주면 거기에 맞춰 마법 각인을 해줄 수 있네."

"대신 시간이 좀 걸리겠지요?"

"운이 좋으면 한 달 안에 가능하지만 넉넉히 석 달은 예상해야 할 걸세."

박현은 반지 하나를 집어들었다.

시계는 확실히 거추장스럽고, 목걸이는 취향이 아니었다.

"반지가 취향이신가?"

"단순한 모양은 없습니까?"

"단순한 모양? 보자~."

노 사장은 진열대에 쪼그려 앉아 노래도, 그렇다고 중얼거리는 것도 아닌 소리를 흥얼거리며 진열대 위로 두 개의 반지를 찾아 꺼냈다.

"이게 괜찮군요."

백금으로 보이는 재질에 글자인 듯 아닌 듯 기이학적인 무늬가 음각된 반지였다. 생각보다 튀지도 않고, 누가 보아도 패션 반지로 볼 법한 무난한 모양이었다.

박현은 반지를 꺼내 왼손 검지에 끼워 보았다. 반지는 생각보다 커 손가락에서 헐렁하게 놀았다.

"생각보다 크군요."

박현이 아쉬운 듯 반지를 빼려는데.

"아직 초짜 티를 벗어나지 못했구먼."

노 사장은 반지를 손가락으로 가리켰다.

"기운을 집어넣어 보시게."

"아."

박현은 가벼운 탄성을 내뱉으며 기운을 반지로 밀어 넣었다.

지이잉—

그 기운에 반지는 가벼운 진동과 함께 손가락에 맞게 줄어들었다.

후우웅—

이어 제법 되는 기운이 반지로 스며들었다가 그의 몸, 정확히는 외부로 퍼졌다. 그의 외부를 한 번 훑은 기운은 다시 반지로 돌아갔다.

"굳이 설명 안 해도 느낌으로 아시겠지?"

반지를 통한 기운이 자신의 옷가지를 어떤 방법으로 인식한 것이 분명했다.

박현은 고개를 끄덕였다.

"이걸로 하죠."

흡족한 미소가 지어졌다.

*   *   *

"후르릅! 오물오물. 후르릅! 오물오물! 꿀꺽, 꿀꺽!"

메밀묵 두 입, 막걸리 한 잔.

도깨비 서기원은 보는 사람으로 하여금 입맛이 돌게 할 정도로 맛나게 먹고 마시고 있었다. 그 앞에서 조용히 저녁을 먹던 박수무당 조완희는 눈살을 찌푸렸다.

"안 질려?"

"뭐가야?"

"메밀묵이랑 막걸리."

"안 질려야."

서기원은 크게 한 입 메밀묵을 입에 넣으며 세상을 다 가진 듯 환한 웃음을 지었다.

"니는 숨 쉬는데 공기가 질려야?"

"에효~ 어디 델 데가 없어서 숨 쉬는 거랑 비교하냐?"

조완희는 졌다는 듯 고개를 절레절레 저었다.

"그러고 보니 호 암행은 어디 갔어야?"

"일찍도 물어본다."

조완희는 눈으로 바닥을 가리켰다.

"어디 누워 있어야?"

서기원은 바닥을 쳐다보며 고개를 갸웃거렸다.

"갸가 내 눈에 안 띄고 누워 있을 정도로 작지 않아야."

서기원은 허리를 더 숙여 상 아래를 쳐다보았다.

조완희는 숟가락으로 서기원의 머리를 딱 쳤다.

"지하! 지하! 너는 머리를 폼으로 달고 다니냐?"

"아얏!"

서기원은 머리를 움켜잡으며 비명을 질렀다.

"왜 때려야?"

"답답해서 때렸다 왜!"

"나 안 참아야."

"안 참으면?"

조완희도 숟가락을 내리며 소리를 높였다.

"어? 올라왔어야."

서기원은 별채를 향해 고개를 돌리며 손을 흔들었다.

"이제 올라오는 겁니까?"

조완희도 고개를 돌렸다.

그 순간 서기원의 입가에 진한 미소가 피어났고, 흔들리는 손에 도깨비 방망이가 쥐여졌다.

후아악— 빡!

서기원은 냅다 조완희의 머리를 도깨비 방망이로 후려갈겼다.

"아악!"

조완희는 머리를 움켜잡으며 바닥을 뒹굴었다.

"바보는 니야. 이것도 속아야? 히히히히히."

"이, 썅!"

조완희는 자리에서 벌떡 일어나며 노기를 터트렸다.

"그래, 오늘 진짜로 니 죽고 나 살자!"

쑤아아아악—

조완희는 살기를 담아 대도를 꺼내 휘둘렀다.

"조, 조 박수가 미, 미쳤어야!"

서기원은 마당으로 훌쩍 물러나며 소리쳤다.

"그래, 나 미쳤다."

조완희는 더욱 살벌하게 살기를 흘렸다.

끼익—

그때 별왕당 문이 열리고 박현이 안으로 들어왔다.

"친구야!"

서기원은 박현을 보자 단걸음에 다가가 그의 뒤에 숨었다.

"음?"

박현은 따가운 살기에 흠칫했다가 조완희를 보자 미간에 주름을 그렸다.

"뭐, 뭐야 이거?"

"조 박수, 쟈 드디어 미쳤어야."

서기원은 박현 뒤에서 조완희를 손가락으로 가리키며 고자질을 내뱉었다.

"박 형. 나와. 내 오늘 저 새끼 죽이고, 나 좀 살라니까."

"그만들 해. 애들도 아니고. 쯧쯧쯧."

박현은 둘의 투닥거림에 혀를 차며 마루방으로 획 들어갔다.

"어서 와야. 밥 묵었어야? 내 차려줘야?"

서기원은 박현의 곁에 바싹 붙어 마루방으로 들어가며 조완희를 향해 혀를 삐죽 내밀었다.

"하하, 하하, 하하, 하하."

조완희는 웃음과 함께 온몸을 바르르 떨며 대도를 강하게 움켜쥐었다.

"으아아아앗!

이성의 끈이 뚝 끊긴 조완희는 소리를 버럭 내지르며 신당으로 올라가는 서기원을 향해 신형을 날리며 대도를 휘둘렀다.

잠시 후.

신당 구석에 박수무당 조완희와 도깨비 서기원은 무릎을 꿇고 벽을 향해 손을 들고 있었고, 박현은 고개를 절레절레 저으며 지하 연무실로 내려갔다.

*　　　*　　　*

그그극—

석문이 열렸지만 연무실 중앙에 가부좌를 틀고 있는 호효상은 눈을 뜨지 않았다. 대략 차 한 잔 마실 시간이 흘러 조용히 입을 열었다.

"내 금방 올라가겠소."

"생각보다는 괜찮아 보이는군."

생각하지 못한 이의 목소리에 호효상은 눈을 뜨며 고개를 돌렸다.

박현이 팔짱을 끼고 문틀에 기대 서 있었다.

"수련을 떠났다고 들었습니다."

"뭐."

박현은 어깨를 살짝 들어올리며 대답을 얼버무렸다.

"몸은 좋아 보입니다."

"몸뚱이가 생각보다 튼튼해서."

박현은 눈으로 호효상의 몸을 쭉 훑었다.

"보름 후 괜찮나?"

"나는 문제없습니다."

"그럼 보름 후에 보지."

박현은 손을 슬쩍 들어 보이며 석문을 닫고 밖으로 나갔다.

박현이 다시 신당으로 올라왔을 때까지 박수무당 조완희와 도깨비 서기원은 벽을 향해 벌을 서고 있었다. 박현은 고개를 슬쩍 흔든 후 대별왕을 향해 합장을 하고는 마루방으로 나갔다.

　시간이 제법 흐른 후 무언의 눈싸움 등 투닥거림과 함께 조완희와 서기원이 마루방으로 나왔다.

　"돌아온 거야?"

　서기원의 말에 박현은 고개를 저었다.

　"아니. 조 박수와 나눌 말이 있어서."

　"뭔데 나를 기다리신 건가."

　조완희는 크게 혼쭐이 난 것인지 다시 어색하기 짝이 없는 말투로 점잖게 박현 앞에 앉았다.

　"한설린."

　그 이름에 조완희의 안색이 무거워졌다.

　"그녀가 왜?"

　"나는 이제껏 한 번도 원한을 갚지 않은 적이 없어."

　"분노가 안 가라앉는 모양이지?"

　"어."

　"혹시 그녀가 마음에 걸리는 건가?"

　조완희의 물음에 박현은 고개를 저었다.

　"그다지."

한설린은 별로 상관없다는 듯 박현은 개의치 않는 얼굴이었다.

"그런데?"

"너."

"나?"

조완희는 손가락으로 자신을 가리켰다.

"그래."

"음."

조완희는 이내 그 뜻을 알아차리고는 팔짱을 끼며 침음성을 흘렸다.

자신과 떼어놓을 수 없는 신어머니 신비선녀, 그녀의 조카인 한성그룹 안주인 박미자. 그리고 그녀들의 유일한 핏줄이자 가문의 승계자 한설린.

복잡하다.

"복수가 체질인데 나 때문에 그러지를 못한다. 그 말이신가?"

"맞아."

"이거 참."

조완희는 우두커니 천장을 올려보며 한숨을 내쉬었다.

"하긴 나라도 용서하기 힘들지. 이유가 무엇이었던 간에. 원수의 집안에 하늘이 맺어준 인연이라."

조완희의 입가에 씁쓸함이 그려졌다.

"나는 솔직히 모르겠어."

"……?"

"그 순간 그녀의 품이 따뜻하기는 했지만 그게 다야. 딱히 그녀에게 끌림이나 특별함도 못 느꼈고."

"역시나."

조완희는 고개를 주억이며 중얼거렸다.

"뭔가 알고 있는 게 있나?"

"안 그래도 그 일로 신어머니를 찾아뵈었어. 솔직히 그날은 나에게도 제법 큰 충격이었거든."

"그래서?"

"천가의 비밀……."

조완희는 입을 열다가 옆에서 초롱초롱하게 눈을 뜨고 있는 서기원을 쳐다보았다.

"왜야?"

"자리 좀 비켜 주시겠는가?"

"꼭 피해 줘야 해야?"

"그렇네."

"나 입 무거워야."

"퍽이나."

"내 친구 일이야. 나도 알아야 도와야."

서기원은 박현을 보며 애원하는 눈빛을 발산했다.

"그럼 가서 입 밖으로 내면 천벌을 받을 거라고 몸주께 맹세하고 와."

박현의 눈치를 슬쩍 살핀 조완희는 한숨 섞인 목소리로 조건을 달았다.

그 조건에 서기원은 순간 움찔거리며 애처로운 눈으로 박현을 쳐다보았다.

"갔다 와."

박현의 말에 서기원은 어깨를 축 늘어뜨리며 힘겹게 신당으로 향했다. 가는 걸음과 달리 돌아오는 걸음은 거의 뜀박질에 가까울 정도로 빨랐다.

"갔다 왔어야."

힘든 일 하나 마쳤다는 듯 서기원은 뿌듯한 얼굴로 당당하게 가슴을 내밀었다.

"천가는 신의 애정을 먹고 사는 가문이네. 그들이 있어 하늘로 통하는 신기를 가문 대대로 유지하지. 즉, 신 없이는 유지되지 못하는 가문이기도 하고."

"한 쌍의 봉황이 천가와 관계가 있을 리 없고."

"용왕님."

"용왕?"

"동해를 다스리는 용왕님을 주로 모셨다고 하셨네."

"용왕이라."

"청룡이야."

서기원이 부연을 덧붙였다.

"청룡?"

"그래야."

"그럼 굳이 내가 아니어도 상관없겠군."

"그렇지는 않네."

조완희는 고개를 저었다.

"각인이라고 들어봤는가?"

"각인이면…… 그 왜 알에서 깨어난 새끼가 처음 본 이를 어미로 생각한다는 그거인가?"

"맞네."

"그게……. 아."

박현은 뭔가를 알았다는 듯 감탄사를 삼켰다.

"맞네. 그녀는 그대에게 각인된 상태이지. 다른 신은 모실 수 없어."

"하지만 나는 그녀에 대해 아무런 감정이 없어."

"씁쓸하지만 그게 천가의 업보이지. 신을 모신다고 하지 않았나?"

"……."

"말 그대로 모시는 거지 서로 사랑을 나누는 것이 아니야. 한쪽의 일방적인 사랑을 원하는 것이고, 한쪽은 그 사랑을 내리는 것이지."

"내는 사랑을 잘 몰라도 불공평해야."

서기원이 이마에 주름을 잡으며 투덜댔다.

"그래, 불공평하지."

"불공평하단 말이지."

고민에 빠져 있던 박현의 입가에 미소가 지어졌다.

"한 가지만 더 묻지."

"말하게."

"결국 그에 대해 나는 아무런 제약이 없다는 것, 맞나?"

"……."

조완희는 박현의 입가에 걸린 묘한 미소에 표정을 굳혔다.

"맞네."

이어 고개를 끄덕였다.

"어떻게 할 생각인가?"

"자네를 위해서라도 잠시 복수는 접어둘 생각이야."

"아무것도 안 할 생각이로군."

"맞아."

조완희의 안색이 굳어졌다.

"그녀는?"

"아무리 내가 반신이 되었다고 하지만 나는 인간으로 살아온 삶이 더 길어. 아직까지 인간의 감정으로 살아가고 있어. 남녀 사이에 사랑이 중요하다고 여긴다는 말이야."

"받아들이지 않을 생각이로군."

"어."

"박 경위. 아니 박 형."

조완희가 심각한 목소리로 박현을 불렀다.

"말해."

"자네가 그녀를 버리면 그녀는 죽어."

"……?"

"말 그대로일세. 각인된 무녀가 신의 사랑을 받지 못하면 시름시름 앓다가 죽게 되네."

"죽는다."

박현은 고개를 짧게 끄덕였다.

"사람은 누구나 죽지."

박현은 자리에서 일어났다.

"사람이 왜 그렇게 모진가?"

조완희가 따라서 일어나며 박현을 노려보았다.

"왜 이렇게 모지냐고?"

"그렇네."

"그래야 살아남으니까. 그래서 살아남을 수 있었고. 이게 내가 살아가는 방식이야."

박현은 독기 어린 눈빛을 띠며 말했다.

* · *   *

"저는 아직도 그날 일을 믿을 수 없어요."

한설린은 슬픈 눈으로 한재규 회장과 한석민, 그리고 한예린, 김월을 쳐다보았다.

"입이 두 개라도 할 말이 없다만 우리에게도 우리만의 사정은 있었단다."

한석민이었다.

"그게 뭔데요? 도대체 그게 뭔데 사람을⋯⋯."

한설린은 '죽이려 했나요?'라는 말까지 차마 내뱉지 못했다.

"그는 인간이 아니다."

"오빠, 그건 비겁한 변명이라는 거 아시죠."

"됐다. 내가 말하마."

눈을 감고 침묵을 지키던 한재규 회장이 눈을 뜨며 한설린을 쳐다보았다.

"네게 뭐라 뭐라 이해를 시키지는 못하겠지만, 너도 이제 알아야 할 게다. 현재 우리 한성그룹은 표면적으로 보이는 것보다 상황이 많이 좋지 않다. 우리 한성기업의 사업

영역은 후발주자에게 차츰 빼앗기고 있다. 더욱 심각한 것은 차세대 사업 동력이 없다는 것이다."

"……"

"오성 그룹은 유럽 마탑과 제휴를 통해 신기술 개발에 소기적 성과를 이뤄나가고 있으며, 천일 그룹은 혼사 및 다양한 방법으로 검계 소속의 다양한 가문과 문의 지지를 받아 국내 시장을 완벽하게 장악, 혹은 범위를 넓혀가고 있지. 그밖의 그룹들도 그들과 비슷하다. 그리고 그들은 우리의 영역을 잠식해 들어오고 있다."

"하지만."

"아직 내 말이 끝나지 않았다."

한재규는 한설린의 말을 잘랐다.

"한성그룹 창업자이신 네 할아버지, 선친의 경영 이념에 따라 이 아비는 정정당당하지 못한 뒷거래 및 그 어떤 경영 유착을 지양해 왔다. 더불어 이 아비는 가족은 사랑으로 서로를 의지해야 할 것이지 거래의 대상이 아니라 여겼다. 그렇기에 너희들을 살뜰히 키웠고, 한 번도 정략결혼의 대상으로 여기지도 않았었다."

한재규는 한예린과 김월을 일견했다.

"어찌 되었든 아무리 좋은 경영 이념이라고 해도 세상은 이를 알아주지는 않는다. 오히려 한성그룹의 이념이 낡았다고 여기지. 신념을 지키다 보니 기업이 어려워진 것은 사실이지만 나는 후회하지 않는다. 그게 우리가 만들어가는 기업의 정신이니까. 또한 그들을 비난하지 않는다. 각자 살아가는 방식은 다르니까."

"하아—."

한재규 회장의 답답함이 와닿자 한설린은 무거운 한숨을 내쉬었다.

"가업이 그저 나나 너희들로 끝난다면야 이 신념을 이어가겠지만 수백만의 입이 달려 있단다. 해서 딱 한 번 내 손에 오물을 묻히려 했다. 그게 바로 차세대 의료, 신약이었다."

"도대체 신약과 그와 무슨 상관이 있다고……."

"신들의 피. 그 피는 엄청난 힘을 담고 있다. 세계 최고의 제약회사들 모두 그 힘들을 추출했고, 그를 바탕으로 최고의 제약회사로 발돋움할 수 있었다."

"……."

그의 설명에 한설린은 입술을 지그시 깨물었다.

"어찌되었든 내 손에 더러움 한 번 묻히고 신약 개발에 들어가면 모든 죄악과 오물은 내가 끌어안고 일선에서 물러나려 했었다."

한재규의 말에 한설린은 무거운 한숨을 내쉬었다.

"좋아요. 그건 그렇다고 치고요. 형부는요?"

"나는 우리 가문이 미워. 애증 어린 곳이지. 현재 우리 문은 혈족이나 문도들을 하나의 도구로밖에 여기지 않아. 화랑의 세속오계(世俗五戒)²⁾는 그저 고리타분한 옛말이 된 지 오래야. 지금 가문이 가장 중히 여기는 것은 가문의 번영이지. 문주이신 아버지도 나를 사랑하는 아들로 보지 않으시고, 형과 비교해 누가 가문의 검이 되는가에만 관심이 있으시지. 또한 나는 철이 들 무렵부터 형제간의 골육상잔이 아니면 폐족이라는 무형의 압박을 받으며 자랐다. 처제는 아버지께서 나를 보며 처음으로 기뻐한 적이 언제인지 알아?"

김월은 한설린을 씁쓸한 눈으로 쳐다보았다. 그 물음에 한설린은 고개를 저었다.

"바로 네 언니와 결혼하겠다는 말씀을 드렸을 때였다. 자식의 혼사가 기쁘셨던 게 아니었어. 한성그룹과 인연이 이어진다는 것에 기뻐하신 거지."

"형부……."

한설린은 그를 안쓰럽게 쳐다보았다.

동시에 자신은 가족에 대해 너무나도 모르고 살았다는 자책감마저 들었다.

"그때 나는 가족과 인연을 밀어내기로 마음을 먹었었다. 가문 내에서 스스로 폐족이 되고자 했었지. 미움만 쌓인 형이지만 그의 피를 머금고 가주 자리에 오를 수는 없으니까.

그래서 스스로 폐족이 되고자 마음을 먹었다."

목이 탔던지 김월은 물을 찾았고, 한예린이 따뜻한 눈으로 그에게 물 잔을 건네주었다.

"나는 한씨 가문의 일원이 되며 너무나도 기뻤어. 꿈에서나, 아니면 TV에서나 보던 가족 간의 사랑을 처가에서 처음으로 느꼈어. 내가 처제를 보며 누누이 말했던 내 가족은 한씨라고 했던 것은 거짓말이 아니었어. 그래서 아직까지 버려지지 않은 화랑문의 차남의 직위로 처가를 돕고 싶었을 뿐이었다."

김월은 한예린을 빤히 쳐다보았다.

"그리고 그간 외면했던 욕심도 생겼었어. 한성그룹의 힘을 등에 업고 잘못된 길을 걷고 있는 가문을 바로 잡고 싶었다."

김월은 다시 한설린을 바라보았다.

"……."

"물론 거기에 개인의 욕심이 더해지지 않았다면 거짓이지만 적어도 부끄러움은 알고 있다."

"하아—."

차라리 부끄러움을 몰랐으면 화라도 낼 텐데, 한설린의 한숨은 더욱 무거워졌다.

"그래서 어떻게 하실 생각이세요?"

"별 수 있어? 너를 위해서라도 바짓가랑이라도 잡고 늘어져야지."

김월은 쓴웃음을 지으며 대답했다.

"물론 그 전에 너의 의견이 가장 중요하다."

김월은 말을 덧붙였다.

"그녀의 의견은 중요하지 않습니다."

낯선 목소리에 이들의 얼굴은 딱딱하게 굳어졌고, 동시에 고개가 문으로 돌아갔다.

현관에 박현이 서 있었다.

"와볼까 말까 고민했었는데……, 당신들의 속내를 들을 수 있어 와보기를 잘했다는 생각이 드는군요."

"서, 선배."

한설린이 설렘과 그리움, 미안함 등이 담긴 복잡한 눈으로 그를 바라보며 자리에서 일어났다.

"우리 이야기는 조금 미룰까?"

박현은 그 눈빛에 담긴 감정의 의미를 알고 있었지만 냉정하게 무시하며 거실로 들어섰다.

"……차라도 한 잔 내올게요."

조용히 자리하고 있던 박미자가 자리에서 일어났다.

"괜찮습니다. 어차피 오래 할 말도 없습니다."

"그래도 내 집에 온 손님인데 차라도 대접하는 게 예의 아니겠어요?"

　박미자는 부드러운 미소로 일관하며 주방으로 향했다.

　"앉으시게."

　그런 박미자의 모습에 한재규는 박현에게 자리를 권했다.

　"괜찮습니다."

　"어디서부터 들었는가?"

　한재규는 박현의 성정을 어느 정도 알았는지 더는 권유하지 않았다.

　"처음부터 들었습니다."

　"그럼 구구절절 설명하지 않아도 되겠군."

　그 말에 박현은 고개를 끄덕였다.

　"목이라도 축여요."

　박미자가 따뜻한 녹차를 내오며 박현의 소매를 잡아 소파로 안내했지만 박현은 그녀의 손을 부드럽게 뿌리쳤다.

　"괜찮습니다."

　"그래도 내 집에 온 손님을……."

　박현의 무심한 눈에 냉기가 흘렀다.

　"지금 이렇게 예의를 차리는 것도 제가 할 수 있는 최대의 양보입니다. 제가 다시 이 집에서 무언가를 마실 수 있을 거라 생각하십니까?"

　목소리도 눈빛만큼 차가웠다. 비록 박현의 눈빛과 목소

리는 박미자를 향했지만 자리하고 있던 다른 이들의 얼굴을 동시에 무겁게 만들었다.

"내 평생 그 죄를 다 갚을 수 있을까만은, 그래도 내 사위가 될 사람이지 않나요? 내가 평생 속죄할게요."

박미자는 부드러우면서도 강단 있는 목소리로 박현의 눈을 피하지 않고 말했다.

"지금 뭐라고 하셨습니까?"

"내 사위가 될 거라고 했어요."

박현은 박미자의 말에 피식 웃음을 삼켰다.

"말이 나온 김에 여기서 해야겠군요."

박현은 한설린을 잠시 일견한 후 박미자를 쳐다보았다.

"저는 그녀를 제 짝으로 맞이할 생각이 없습니다."

박미자의 안색이 살짝 굳어졌지만 그녀는 이내 다시 부드러운 미소를 그렸다.

"하늘이 맺어준 인연이에요."

"그걸 이어준 건 제가 아니죠."

"둘은 떨어져서 살 수 없는 사이예요. 멀고 힘들게 돌지 말아요."

"정확히는 그녀이지, 저는 아닙니다."

박현은 입 꼬리를 말아 올렸다.

"······그게 무슨."

"저보다 잘 아시리라 봅니다만."

박현은 옆으로 한 걸음 비켜 한재규와 그의 가족들을 쳐다보았다.

"제가 이곳에 온 이유는 우리의 관계를 명확하게 할 필요가 있다 싶어서입니다."

한설린은 하늘이 무너진 듯 눈물을 주르르 흘렸다. 박현은 그 모습을 눈에 잠시 담았지만 그뿐이었다.

"나에 대한 것을 잊으십시오. 나도 당신들을 잊을 겁니다."

"지, 지금 무슨 말을 하는 건지 알아요?"

박미자였다.

"그러면 우리 아이 당신 때문에 죽어요."

그녀는 입술을 파르르 떨었다.

"압니다."

"아, 안다고요?"

"정녕 이렇게까지 해야 되겠나?"

한석민이 몸을 부르르 떨며 소리쳤다.

"전부터 하고 싶었는데, 왜 말을 놓지?"

그를 향한 박현의 눈매가 날카로워졌다.

"우리는 모든 것을 내려놓고 손을 내밀었소."

"칼도 먼저 내밀었고."

박현은 차가운 웃음을 지었다.

"설이에게 무슨 일이 생긴다면 내가 가만있을 거라 보는 건가?"

침묵을 지키던 한재규 회장이 노기를 드러냈다.

"다시 한번 칼을 드시렵니까?"

"못하리라 보는가?"

"아니요."

박현은 한재규를 보며 미소 지었다.

"바라는 바입니다."

박현의 말에 한재규의 눈가가 굳어졌다.

"어정쩡하게 마무리하는 게 성격상 맞지 않거든요."

박현은 고개를 돌려 불안한 눈으로 자신을 쳐다보고 있는 한설린을 쳐다보았다.

"서, 선배."

"사표 쓰든가 아니면 다른 곳으로 가든가. 가능하면 내 눈에서 사라졌으면 좋겠어."

박현은 별다른 감정이 느껴지지 않는 딱딱한 목소리로 말하고는 손을 들어올렸다.

"우리 이제 다시 보지 맙시다."

박현은 그대로 몸을 돌려 밖으로 나갔다.

*용어

1) 팔열팔한지옥(八熱八寒地獄): 팔열지옥과 팔한지
옥. 불교에서 지은 죄업에 가게 되는 지옥들로. 팔열지
옥은 불에 고통 받는 지옥이며, 팔한지옥은 추위에 고
통을 받는 지옥이다. 앞에 팔열은 그 과정에 여덟 단계
로 있어 팔층지옥, 혹은 팔대지옥이라고 부르기도 한
다. 대표적으로 알고 있는 무간지옥(無間地獄)은 팔열
지옥의 하나이다.

2) 세속오계(世俗五戒): 화랑오계(花郞五戒)'라고도
한다. 신라 진평왕 때 승려 원광법사가 화랑에게 일러
준 다섯 가지 계율이다. 사군이충(事君以忠), 사친이효
(事親以孝), 교우이신(交友以信), 임전무퇴(臨戰無退),
살생유택(殺生有擇)이 그것이다.

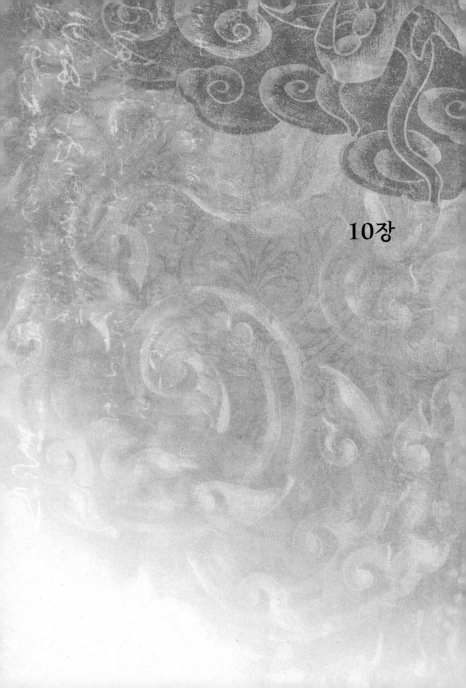

10장

한설린은 괴로웠다.

그날, 그녀는 그의 상처를 짊어지고 정신을 잃으며 깨달
았다. 그는 자신의 삶이자 모든 것임을.

그리고 눈을 뜨며 알았다.

어릴 적부터 남모르게 앓아왔던 열병.

그 열병이 임을 향한 상사병이자 무병이라는 것을.

그토록 바라던 임을 찾았지만 그건 기쁨보다 고통이었
다.

그를 향해 악마처럼 칼을 겨눴던 사랑하는 가족들, 그리
고 그 이유를 이해할 수밖에 없는 자신의 이중적인 배반감

이 그녀의 심장을 옭죄었다.

그리고 오늘, 그는 자신을 떠났다.

자신의 모든 것이라 할 수 있는 그가, 자신의 목숨보다도 소중한 그가 떠났다.

지독할 만큼 차가운 눈빛과 함께.

"으윽!"

그를 잃어버렸다는 상실감은 그녀의 심장을 갉아먹었다.

아프다.

심장이 찢어질 듯 아팠다.

"허억. 허억. 헉. 헉!"

그녀는 가슴을 움켜잡으며 풀썩 옆으로 쓰러졌다.

고통에 찬 신음이 더해질수록 그녀의 몸은 비 오듯 식은 땀으로 뒤덮여 갔다.

"하악— 하악— 하아— 하— ……."

고통 속에서 그녀는 서서히 정신을 잃었다.

"자니?"

그리고 얼마 지나지 않아, 문밖에서 걱정 어린 박미자의 목소리가 들려왔다.

평소라면 돌아갔겠지만 오늘은 아니었다.

"안으로 들어가도 되니?"

"……."

"엄마, 들어간다."

박미자는 조심스럽게 방문을 열었다.

침대에 반쯤 몸을 눕히고 있는 한설린의 모습이 보였다.

지쳐 잠이 든 모습처럼 보였기에 박미자는 안쓰러운 눈으로 이불이라도 덮어줄 요량으로 다가갔다.

'무슨 땀을……'

온몸이 축축하게 젖은 한설린의 모습에 박미자의 눈에 눈물이 차올랐다.

"네가 무슨 잘못이 있다고."

박미자는 이불을 덮어주려다가 고통에 일그러진 그녀의 얼굴을 보자 뭔가 잘못되었음을 직감했다.

"설아. 설아."

박미자는 다급히 그녀를 흔들어 깨웠다.

"으으으으으."

정신을 잃은 와중에도 그녀가 몸을 흔들자 고통 어린 신음을 내뱉었다.

"설아!"

박미자는 그녀를 부둥켜안은 채 밖으로 소리를 크게 질렀다.

"여보! 여보!"

잠시 후 우당탕탕거리는 소리와 함께 한재규와 한석민,

김월이 헐레벌떡 뛰어올라왔다.

"무슨 일이오?"

"설이에게 무슨 일이라도 생긴 거예요?"

한재규와 한석민이 몸을 우겨넣듯 한설린 방으로 동시에 들어왔다.

"설이가. 설이가……."

박미자는 다급히 뛰어 들어온 셋을 보자 한설린을 부둥켜안은 채 막혀 있던 울음을 터트렸다.

김월이 그 둘 사이를 헤집고 나가 한설린의 손목 맥을 짚었다. 그리고 코 아래로 손가락을 가져가 숨을 확인했다.

"기, 김 서방."

김월은 한설린을 박미자의 품에서 떨어뜨린 후 품에서 엄지손가락만 한 금박을 입힌 환약, 요상단(療傷丹)[1]을 하나 꺼내 그녀의 입으로 밀어 넣었다.

"장모님, 잠시만 비켜 주십시오."

"아, 알았네."

박미자가 서둘러 자리를 비키는 동시에 김월은 거추장스러운 외투를 벗으며 내력을 발산했다.

꾹― 꾹―

내력을 손가락에 집중해 그녀의 몸을 주무르기 시작했다.

"으윽—. 으윽! 악!"

김월이 추궁과혈(推宮過穴)[2]을 시작하자 한설린은 고통스런 신음을 내뱉었다.

"서, 설⋯⋯."

박미자가 창백한 얼굴로 다급히 다가가려 했지만 뒤늦게 뛰어올라 왔던 한예린이 그녀를 잡았다. 그리고 입을 꽉 닫은 상태로 다가가지 말라는 뜻으로 고개를 저었다.

"괜찮을 거요."

한재규가 박미자 옆을 채웠다.

"여, 여보."

한재규는 겨우겨우 울음을 참으며 숨죽여 흐느끼는 그녀를 품으로 꼭 끌어안았다.

"악! 으윽! 으! 으⋯⋯."

시간이 차츰 지날수록 고통에 찬 신음이 서서히 잦아졌다.

그렇게 삼십여 분의 시간이 흐르고 손을 거두고 뒤로 물러나는 김월의 몸에서 땀이 후드득 떨어져 내렸다.

쿵.

과도하게 내력을 사용한 까닭에 김월은 균형을 재대로 잡지 못하고 비틀거리다가 엉덩방아를 찧었다.

"자, 자기야."

한예린이 김월을 부축했다.

"급한 불은 껐지만, 아직 안심하기는 이릅니다."

"일단 주치의를 부르겠습니다."

한석민이 전화기를 드는 순간, 박미자가 제지했다.

"이모님을 불러야겠어."

박미자가 한재규의 품에서 겨우 몸을 세워 떨리는 손으로 전화기를 꺼내들었다.

"이모님. 저예요. 우리 설린이, 우리 설린이⋯⋯."

*　　　*　　　*

택시 한 대가 한재규 회장의 대문 앞으로 빠르게 달려왔고, 경호원이 택시를 막아섰다. 택시가 서자마자 뒷문이 열리고 신비선녀가 잰 걸음으로 저택 안으로 들어갔다.

신비선녀는 비서실장의 안내를 받아 2층 한설린 방으로 단걸음에 뛰어올라갔다.

"이, 이모님."

그녀를 본 박미자가 소리 내어 불렀고, 다른 이들은 조금은 어색하게 고개를 숙여 인사를 대신했다.

"그래."

신비선녀는 반쯤은 건성으로 인사를 받으며 한설린에게

로 다가갔다.

신비선녀는 여전히 고열에 시달리지만 한결 편한 숨을 내쉬는 한설린의 숨의 냄새를 맡았다. 은은한 약향이 느껴졌다. 그녀의 몸에 손을 가져가니 은은한 반발력이 느껴졌다.

신비선녀는 고개를 돌려 창백한 얼굴을 한 김월을 쳐다보며 가볍게 고개를 끄덕였다.

"부담이 컸을 텐데 응급처리를 잘했구나."

신비선녀는 품에서 부적 한 장을 꺼내 그녀의 심장에 올렸다.

푸핫—

부적은 희미한 빛무리를 만들며 그녀의 몸에 스며들었다.

"일단 내려가자꾸나."

"이, 이모님."

"당장 큰 일이 일어나지는 않을 터이니 걱정일랑 잠시 접어두어도 된다."

신비선녀는 박미자를 다독이며 거실로 내려갔다.

한재규 회장은 비서실장에게 일러 거실 주변을 비웠다.

신비선녀는 한예린이 가져다준 찬 물을 비운 후 입을 열었다.

"어찌된 일이냐?"

신비선녀는 차분한 목소리로 상황부터 파악해 나갔다.

"오늘 초저녁에 그 사람이 왔다 갔어요."

"그 사람이면."

"네."

신비선녀는 입술을 꾹 다물었다.

"그가 뭐라고 했기에 저 아이가 저리 된 것이야?"

"그게……."

한석민이 최대한 기억을 떠올려 그가 했던 말을 이야기
해 주었다.

"일이 고약하게 되었구나."

신비선녀는 한숨을 푹 내쉬었다.

"어찌할 생각이냐?"

신비선녀는 한재규 회장을 바라보았다.

"하는 데까지 해봐야지요."

"해서 안 되면?"

"모든 방법을 강구해 볼 생각입니다."

한재규 회장의 눈빛은 더할 나위 없이 냉정했다.

"자네가 이길 수 없는 싸움이라네."

"반드시 진다는 보장도 없습니다."

"흠."

신비선녀는 그의 눈빛에 침음을 삼켰다.

'안 좋아.'

한재규 회장은 강한 사람이다.

문제는 박현도 강하다는 것이다.

강 대 강.

결국 부딪히면 누군가는 부러져야 끝난다.

"급한 불은 껐고, 본녀가 못 미덥겠지만 내게 시간을 좀 주게나. 내가 그를 만나봄세."

"……."

"그리 길지 않아. 일주일 정도면 될 걸세."

한재규 회장은 한석민, 김월과 눈을 마주친 후 고개를 끄덕였다.

"알겠습니다."

"맨날 차 한 잔 마실 시간도 없이 헤어지는구먼."

신비선녀는 한숨을 내쉬며 자리에서 일어났다.

"다음에 정식으로 자리를 마련해 보겠습니다."

"말만이라도 고마우이."

신비선녀는 자리에서 일어나려는 이들을 다시 앉혔다.

"나오지 마시게."

박미자는 신비선녀를 따라 밖으로 나왔다.

"이모."

"너도 어미는 어미인 모양이다."

신비선녀는 안쓰러운 얼굴로 그녀를 쳐다보았다.

"나에게 대들던 모습은 어디로 가고."

신비선녀는 박미자의 손을 가볍게 어루만졌다.

"우리 설이, 괜찮겠지요?"

"괜찮지 않으면."

"이모."

"너무 걱정하지 말아라. 네 자식에 관한 일이지만 내 핏줄과 가문을 위한 일이기도 하니까."

"이모만 믿을게요."

신비선녀는 아무 말 없이 박미자의 손을 가볍게 토닥인 후 문을 나섰다.

*　　　*　　　*

끼익—

신비선녀는 스스럼없이 문을 열고 별왕당 안으로 들어갔다.

사실 그녀가 별왕당으로 온 것은 두 번째였다.

신부모와 신자식 사이라고 해도 출가한 이상 엄연한 무인(巫人)인 법, 불쑥불쑥 찾아가는 것 자체가 어쩌면 참견

아닌 참견이 될 수 있기에 예의가 아니라 여겼기 때문이었
다.

"완······."

"밤이 늦어 점 안 봐야. 내일 와야."

신비선녀가 박수무당 조완희를 부르려는 때 낯선 목소리
가 신당 안에서 불쑥 튀어나왔다.

"뉘신지."

신비선녀는 마당을 가로질러 신당 안을 쳐다보았다.

"우메?"

"서 두령이시구먼."

"오랜만이여야."

서기원은 밝은 웃음과 함께 손을 흔들었다.

"내 조 박수와 근래에 종종 왕래한다고 들었습니다."

"어쩌다 보니 그리되었어야."

"두령으로 승격하셨단 소식만 전해 들었습니다. 늦었지
만 감축드립니다."

"고마워야."

가벼운 안부가 오간 후.

"조 박수는 어디에 나갔는지요?"

"안에 있어야. 조 박수!"

서기원은 고개를 돌려 조완희를 크게 불렀다.

"뭐? 또 막걸리 처마실라……, 어?"

신당 문이 벌컥 열리며 조완희가 소리를 버럭 지르려다 말고 그와 함께 앉아 있는 신어머니 신비선녀를 보자 자신도 모르게 어정쩡한 소리를 내고 말았다.

"쯧쯧쯧."

방정맞은 행동에 신비선녀는 눈을 가늘게 치켜뜨며 혀를 찼다.

"오셨습니까?"

조완희는 조신하게 다가가 큰 절을 올렸다.

"네 녀석도 그렇고 네 녀석의 몸주도 그러하시고, 나는 모르겠다. 휴우—."

신비선녀는 고개를 절레절레 저었다.

"어인 일로 행차하셨는지요?"

"박현 님 일로 찾아왔다."

"현이는 와야?"

서기원이 불쑥 끼어들었지만 신비선녀는 자신의 말을 이어갔다.

"오늘 초저녁 한 회장 집에 찾아왔었다고 하더구나."

"……."

"자칫 생목숨 끊어지게 생겼다."

"한설린 씨를 말씀하시는 건지요?"

"그래."

"흠."

"뭔가 알고 있는 눈치로구나."

신비선녀는 조완희의 행동에서 무언가를 찾은 듯싶었다.

"현이 오늘 여 잠시 들렀다가 갔어야."

서기원이 냉큼 대답했고, 조완희는 입가의 어색한 미소와 함께 쌍심지가 파르르 떨렸다.

*　　　*　　　*

해가 기울고 달이 떠오른 밤.

수풀이나 듬성듬성 자리하고 나무 한 뿌리 제대로 박혀 있지 않은 민둥한 어느 야산, 박현은 기다란 나무 꼬챙이를 들고 여기저기를 쑤시고 다녔다.

멀리서 보면 영락없이 굶주림을 이기지 못하고 나무뿌리라도 찾아 헤매는 인근 마을 주민처럼 보였다.

"와라. 빨리 와라. 으으으, 지겨워라."

박현은 연신 구시렁거리며 의미 없이 수풀이나 땅을 헤집고 있었다.

저 멀리서 한 무리의 불빛이 보였다.

'하나, 둘, 셋……, 아홉. 맞군.'

박현은 빠르게 불빛의 수를 센 후 모른 척 땅을 보고 느릿느릿 걸어가고 있었다.

스슷— 스스스—

바람이 없었지만 수풀이 비벼대는 소리가 가까워졌다.

"키히이이이이히!"

날선 귀성과 함께 사냥꾼차림의 사내가 수풀에서 모습을 드러냈다. 두 팔과 두 다리, 손에 든 활이며 칼이 영락없는 인간의 모습이었지만 얼굴을 포함해 어깨 위로 불그스름한 불길이 타오르고 있었다.

마치 머리가 횃불 그 자체처럼 보였다.

그 불길이 닿는 곳에 박현이 서 있었다.

"크흐으으!"

그런 그의 좌우로 또 다른 불길이 모습을 드러냈다.

박현은 하나둘씩 모습을 드러내는 횃불 요괴들, 화거훤호(火炬喧呼)[3]를 바라보며 히죽 웃었다. 그렇게 모습을 드러낸 화거훤호들의 숫자는 도합 아홉이었다.

"이거 숫제 조폭들이구만. 어쨌든 환영한다."

박현은 화거훤호를 보며 환한 미소를 짓고는 허리춤에서 부적 다섯 장을 꺼내 하늘로 집어던졌다.

한 장의 부적은 박현의 머리 위에, 네 장의 부적은 동서남북으로 날아가 자리를 잡았다.

화르르륵—

부적들은 서로 하나의 선으로 이어지며 커다란 결계를 만들어냈다.

놀라지도 않고 오히려 자신들을 반긴 것도 모자라 부적으로 상당한 신력이 담긴 결계를 만들자 화거휜호들은 순간 움찔거렸다. 하지만 이내 자신들의 숫자를 믿었는지 다시 불길을 더욱 크게 만들며 세를 과시했다.

쑤아아—

그러던 화거휜호 중 하나가 머리의 불덩이를 조금 떼 돌팔매질을 하듯 빠르게 돌리다가 박현의 머리를 향해 냅다 집어던졌다.

'헙!'

생각지도 못한 기습에 박현은 재빨리 건틀릿을 착용해 머리를 보호했다.

콰앙—

"큭!"

불덩이가 폭발하며 건틀릿을 넘어 박현의 얼굴에 열기를 쏟아냈다. 노릿한 냄새가 코끝을 자극하는 것을 보면 머리카락이 그을린 것 같았다.

하지만 그걸 느낄 사이도 없이.

쑤아아아— 쑤아아아—

사방에서 몇 개의 불덩이가 돌팔매질로 날아왔다.

박현은 다급히 불덩이 하나는 다시 건틀릿으로 쳐내며 옆으로 몸을 날렸다.

퍼벙— 퍼버벙!

박현이 서 있던 자리에 수 개의 폭발이 일었다.

쐐애애액!

그때 조금 전과 다른 파음이 박현의 머리를 파고들었다.

소리가 들렸고, 살기도 느껴졌지만 눈에는 아무것도 보이지 않았다.

"……!"

박현이 눈을 부릅뜨자 찰나지만 흐릿한 빗살 같은 것이 보였다.

"큭!"

박현은 서둘러 건틀릿으로 머리를 막았지만 날카로운 무엇이 팔뚝에 깊게 박혔다.

그건 바로 화살이었다.

"조용히 승천시켜 주려 했는데, 곱게 안 보내준다."

박현은 이를 빠드득 갈면서 화살대를 부러트린 후 화살을 뽑으며 자리에서 일어났다.

"키키키키키키!"

"키히히히히!"

"크ㅎㅎㅎㅎㅎ!"

고통과 함께 피가 철철 흘러내렸지만 박현은 아랑곳하지 않고 다시 자신을 에워싸는 화거훤호들을 향해 마주섰다.

우드득— 드득!

박현의 몸이 한순간 거대하게 바뀌며 새하얗게 변해갔다.

"크하아아앙!"

검던 눈동자가 황금빛으로 바뀌는 순간 박현, 백호는 산의 주인의 위엄을 터트렸다.

"키힉—."

"킥킥킥."

"크흐윽!"

포효에 화거훤호들의 횃불이 강풍 앞에 선 호롱불처럼 흔들렸다.

후아아아악!

박현은 자신에게 활을 쏘고 의기양양한 모습으로 서 있는 화거훤호에게 한 걸음에 다가가 앞발을 휘둘렀다.

화거훤호는 머리의 불덩이를 오른손으로 옮겨 박현을 향해 불덩이를 던졌다.

피하려면 피할 수 있었지만 그렇게 되면 공간의 우위를 점한 화거훤호를 놓치게 된다. 박현은 신형을 살짝 틀어 머리로 날아오는 불덩이를 어깨로 받으며 날카로운 발톱을 꺼내 화거훤호의 몸을 갈기갈기 찢어버렸다.

"키아아아악!"

네 줄기의 상처에서 일어난 불은 단숨에 화거훤호의 몸을 뒤덮었다.

퍽!

순식간에 불이 맹렬히 타오르는가 싶더니 이내 터지며 검은 재가 사방으로 흩뿌려졌다.

쑤아아악— 쑤아아악—

서서히 고개를 돌려 박현을 향해 수 개의 불덩이가 날아왔다.

"크르르."

화거훤호의 불 돌팔매질은 생각보다 견딜 만한 수준이었다. 그렇기에 박현은 위협적인 울음을 흘리며 얼굴로 날아오는 불덩이만 손등으로 쳐내며 몸으로 날아오는 것은 그대로 두었다.

퍽! 퍽! 퍼퍽!

박현의 몸 곳곳에서 불덩이가 터져나갔다.

그럼에도 아랑곳하지 않고 박현은 다시 빠르지도 느리지도 않은 걸음으로 어느 화거훤호 앞에 섰다.

"키아아악!"

화거휜호는 발악하듯 귀성을 터트리며 등에 메고 있던 검을 뽑아 불덩이를 담아 휘둘렀다.

화거휜호가 생각보다 약하다고는 하지만 검은 다르다.

그냥 맨몸으로 버티기에는 그 위험이 컸다.

박현은 빠르게 옆으로 한 걸음 내디디며 검을 피했다.

쐐애액— 후아아아악!

슬금슬금 거리를 벌렸던 화거휜호들이 이때다 싶어 저마다 칼이며 몽둥이를 꺼내 박현의 등을 노렸다.

피하려면 피할 수 있었다.

하지만.

박현은 독기 어린 눈을 띠며 이를 악물고는 오로지 앞에 서 있는 화거휜호만 바라보았다.

서걱! 퍽!

박현의 등에서 피가 튀었지만 그는 눈썹 하나 꿈틀거리지 않고 큰 걸음으로 따라붙으며 앞발을 휘둘렀다.

콰드득— 콰득!

박현은 말 그대로 검을 들고 있던 화거휜호의 몸을 갈기갈기 찢어발겼다.

화르르륵—

불과 재가 되어 사라지는 화거휜호를 뒤로 하고 박현은 옆에서 칼을 휘두르는 또 다른 화거환호의 목을 움켜잡았다.

"크하아앙!"

박현은 불덩이로 뒤덮인 화거훤호의 머리를 물어 그대로 찢어버렸다.

화르륵—

박현은 불과 재로 변하는 머리를 내뱉으며 천천히 몸을 틀었다.

일 대 다수의 싸움.

박현은 신물이 나도록 경험이 많았다.

그리고 그때마다 느꼈다.

일이 이기려면 다수에게 극한의 공포를 줘야 한다는 사실을.

그러기 위해서는 다소 위험과 상처가 따르지만 한 명의 눈을 찍고, 그자의 목만 따면 된다.

그렇게 한 명, 또 한 명, 또 한 명.

이렇게 수를 줄여 가면 어느 순간 자신을 향한 압박이 공포로 바뀌게 된다. 다음은 자신이 아니기를 바라며 주춤 물러서게 되는 것이었다.

그렇게 화거훤호의 수를 아홉에서 다섯으로 줄였다.

박현은 피로 점철된 몸으로 그들을 하나하나 바라보았다. 그 시선에 화거훤호의 횃불이 흔들렸다.

"크르르르르."

박현은 비릿한 울음을 흘리며 한 화거훤호와 눈을 마주
했다.

눈이 마주친 화거훤호는 불길이 어지럽게 흔들리며 움찔
뒤로 한 걸음 물러났다.

쐐애애액—

그때 한 줄기 파음이 박현의 뒤통수를 노리고 날아왔다.

처음에야 몰랐지만 똑같은 수에 당할 리 없었다.

박현은 몸을 옆으로 틀며 뒤를 쳐다보았다.

시야를 가득 채워오는 한 발의 화살.

박현은 고개를 옆으로 젖혔다.

핏—

완벽하게 피하지 못한 듯 화살은 박현의 뺨을 스치고 날
아갔다.

박현은 손등으로 피를 닦으면서 그 화거훤호와 눈을 떼
지 않았다.

"키익!"

활을 날린 화거훤호는 움찔하는 거 같았지만 이내 활에
화살을 재 박현을 겨눴다.

팽팽하게 당겨진 화살.

그리고 그 화살을 직시하는 박현.

둘 사이에서 팽팽한 기 싸움이 벌어졌다.

"크르르르."

『쏴 봐.』

박현은 화살을 겨누고 있는 화거훤호를 향해 낮게 으르렁거렸다.

"키익!"

기백에 눌린 화거훤호는 더 이상 참지 못하고 활시위를 놓아버렸다.

쐐애애액—

안 보이는 곳에서 날아온다면 모를까 뻔히 보고 있는데 날아오는 화살을 못 피할 이유가 없었다.

박현은 몸을 틀어 화살을 피하며 단숨에 거리를 좁혀 화거훤호의 몸을 찢어버렸다.

"키이이이—."

"크히이이이."

남은 화거훤호들은 더 이상 싸움을 포기한 듯 사방으로 흩어지기 시작했다.

여럿이자 하나, 하나이자 여럿인 화거훤호들은 이런 식으로 살아남아 또 어디선가 모여 세를 불릴 것이다. 그리고 사람 여럿을 홀려 잡아먹으며 세상을 떠돌 것이다.

한 마리도 놓쳐서는 안 된다.

그럼에도 불구하고 박현의 걸음은 여유로웠다.

　사방으로 도망치던 화거훤호들는 무형의 결계에 막혀 뒤로 튕겨 나왔다.

　'부적이 의외로 쓸모가 많아.'

　박현은 박수무당 조완희를 떠올렸다.

　'이런 부적을 만들어달라고 해 봐야겠군.'

　지금 사용한 부적은 그가 만들어 준 것이 아니었다.

　해태가 이번에 사용하라고 준 것이었다.

　'어찌 되었든 마무리 지어 볼까?'

　"크하아아아앙!"

　박현은 포식자의 상징인 포효를 터트리며 화거훤호들을 덮쳐 갔다. 그리고 사방에서 불과 재가 흩날렸다.

*용어

　1) 요상단(療傷丹): 무협용어, 내상을 치료하는 단약.

　2) 추궁과혈(推宮過穴): 무협용어, 내공으로 혈도를 자극해서 내상을 치유하는 방법, 막대한 내공이 소모된다.

　3) 화거훤호(火炬喧呼): 무리지어 다니는 괴이한 횃불들이다. 횃불이 줄지어 움직이기에, 마치 야간에 사냥하러 나선 사냥꾼과 모습이 흡사하다고 한다. 맹렬히 다가가면 흩어지고, 틈을 보이면 다시 사람을 에워싼다고 한다.

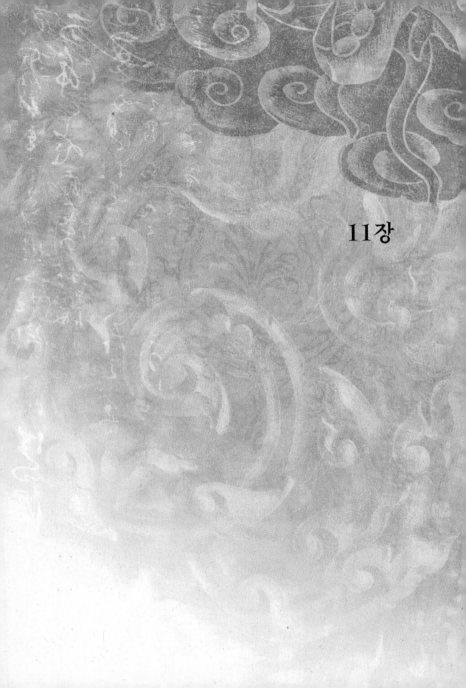

11장

『나쁘지 않았다.』

해태는 습관적으로 수염을 쓰다듬으며 인자한 미소를 지었다.

"이제 제법 쓸 만하지 않습니까?"

박현의 말에 해태는 미간을 찌푸렸다.

『아직 멀었다, 이놈아.』

"방금 나쁘지 않다고 하셨습니다."

『크흠.』

해태는 헛기침을 내뱉었다.

『뭐—, 이제 어디 가도 맞고 다닐 정도는 아닐 것 같다.』

그 말에 담담한 미소가 지어졌다.

『하지만 말이다.』

"이제 네가 살아가는 곳은 법으로 살아가는 평범한 세상이 아니다. 약육강식의 정글이다. 맞지요?"

귀에 못이 박히도록 들어서인지 박현은 한 번의 쉼도 없이 술술 내뱉었다.

『말년에 손자 재롱이나 한 번 보려나 했건만……. 어디서 이런 천방지방이 나타나가지고. 에잉.』

해태의 투덜거림에 박현은 그답지 않게 부드러운 미소가 지어졌다.

『신소리 말고 찬방에 가서 주전부리나 두엇 내오너라.』

"주전부리라…… 하셨습니까?"

박현은 선식은커녕 일절 곡기를 입에 달지 않던 해태가 주전부리를 내오라고 하니 놀라 되물을 수밖에 없었다.

『이제는 귀라도 먹은 게냐?』

"아닙니다."

박현은 자리에서 일어나 재래식 부엌으로 향했다.

부엌에 가니 소쿠리에 두 종류의 나물과 식은 전이 담겨있었다. 박현은 나물을 씻고 살짝 데쳐 된장으로 버무리고, 식은 전은 솥뚜껑에 기름을 둘러 데웠다.

나물무침과 전, 그리고 빈 그릇 두 개를 소반에 담아 방으로 들어갔다.

방에는 녹색 병이 놓여 있었다.

소주인가 싶었는데 라벨을 읽어보니 대동강 맥주라 적혀 있었다. 북쪽에서 자랑하는 맥주였다.

『술이 좋긴 좋은 모양이다.』

호기심 가득한 얼굴로 벌써부터 눈으로 맥주를 마시기 시작한 박현을 보며 해태가 기가 찬 얼굴로 푸념했다. 하지만 눈은 다정하게 웃고 있었다.

"소문만 자자해서 한 번쯤 궁금하다는 생각을 해 봤었습니다."

박현은 머리를 긁으며 어색한 웃음을 지었다.

해태는 손가락으로 가볍게 맥주 뚜껑을 땄다.

『받아라.』

"아, 아닙니다. 제가 먼저 따라드리겠습니다."

박현은 얼른 맥주병을 건네받은 그의 잔을 채웠다.

사발 그릇에 맥주가 좀 안 어울리기는 했지만 아무렴 어떤가?

『내가 한 잔 따라 주마.』

각자 잔이 채워지고 가벼운 건배와 함께 박현은 한 잔 시원하게 비웠다.

"크."

근 한 달 만에 마시는 술이라서 그럴까 아니면 원체 맛이 좋은 것일까. 입 안에서 도는 알싸한 맛과 청량감은 상당히 좋았다.

도란도란 이야기와 단출한 주전부리로 몇 순배가 돌고, 서로 마지막 잔이 채워졌다.

『현아.』

"예."

『한 오 일 정도 남았나?』

하산이라면 하산의 날짜 이야기였다.

박현은 시계 날짜를 보며 고개를 끄덕였다.

"벌써 그렇게 되었네요."

『내일 내려가거라.』

"예……, 네?"

박현은 고개를 끄덕이다 고개를 번쩍 들어올렸다.

『어린놈이 벌써부터 귀가 먹으면 어디다 써.』

"……."

『…….』

박현은 잔을 내려놓고 해태를 빤히 쳐다보았다. 해태도 그 시선을 피하지 않았다.

"알겠습니다."

잠시 후 박현은 고개를 끄덕였다.

『빈말이라도 '아닙니다.'라고 하지도 않고, 배은망덕한
놈.』

해태는 서운했던지 슬쩍 투덜거렸다.

"그럼 며칠 더 있다 내려갈까요?"

『일 없다, 이눔아.』

"오는 길도 그리 힘들지 않은데 자주 오면 되지 않겠습
니까?"

『자주 오기는 뭘 자주 와. 나도 바쁜 몸이야.』

헤어짐이 많이 아쉬운 모양이었다.

해태답지 않게 오늘따라 꼬장꼬장하게 나오는 것을 보
면.

"그리고 감사했습니다."

박현은 자리에서 일어나 큰 절을 올렸다.

『큼.』

"제가 부모 없이 자란 것은 아시죠."

『안다, 이눔아.』

"할아버지와 할머니께서 저를 키워주셨죠."

『……..』

"그리고 또 한 분의 할아버지가 제게 생겼습니다."

박현은 해태를 빤히 쳐다보았다.

"그분은 제가 아닌 제게 참으로 많은 것을 가르쳐 주셨

습니다."

『여튼 감성이라고는 쥐뿔도 없는 놈이. 고맙다는 말을 뭘 그렇게 베베 꼬아서 해.』

"어쩝니까, 타고난 성정이 이런 것을요. 그리고 어르…… 할아버지께서도 무를 수 없는 거 아시죠?"

『망할 놈. 피곤하다, 어여 잔이나 비우고 처들어가 자.』

해태는 잔을 냉큼 비우고는 돌아누웠다.

이미 신의 반열에 올라선 해태는 잠을 자지 않는다. 정확히 말하자면 잠의 필요성을 느끼지 못하는 존재였다.

"그럼 편히 주무십시오."

박현은 그를 따라 한잔 비우고 빈 접시가 담긴 소반을 들고 부엌으로 나왔다.

유달리 돌아가신 할아버지와 할머니가 그리워졌다.

더불어 해태가 떠올랐다.

코끝이 찡하게 아렸다.

*　　　*　　　*

다음 날, 이른 아침.

서울로 발을 들이기가 무섭게 휴대폰에서 벨이 울렸다.

박수무당 조완희였다.

"어."

《거 참 말본새하고는. '여보세요.'라는 말도 모르나?》

"그거야 모르는 번호 받을 때나 그런 거고. 아침부터 무슨 댓바람에 전화야?"

조완희의 투덜거림에 박현은 피식 웃으며 전화를 받았다.

《어디에 처박혀 있었기에 전화가 안 돼?》

"말하는 거 보면 신당이 아닌 모양이다."

《그래, 아니다. 어쩔래?》

"그나저나 왜 전화했어?"

《신어머니가 좀 만나잔다.》

"……."

나름 즐겁게 통화를 나누던 박현의 입가에 미소가 지워졌다.

《…….》

박현의 감정이 느껴졌는지 조완희도 잠시 입을 닫았다.

《내키지 않으면…….》

"그럼 곤란하지 않아?"

《뭐……, 그럴 것 같기도 하고, 아니 그럴 것 같기도 한데 그러려나?》

넉살을 보니 조완희는 조완희인가 싶었다.

《뭐야? 지금 내 걱정해 주는 거야?》

"너는 내⋯⋯."

사람이 아니냐고 물으려다가 잠시 입을 닫았다.

'친구라⋯⋯. 내게 친구가 있었던가?'

없었다.

아니 이제 한 명 있다.

어거지로 친구가 된 도깨비 서기원.

그리고 어쩌다 보니 매일 붙어 다니게 된 조완희이니.

《뭐야? 입에 떡이라도 물었나, 왜 말을 하다 말아?》

"너."

《왜?》

"내 친구 맞냐?"

박현은 뜸 들이지 않고 단도직입적으로 물었다.

《⋯⋯.》

수화기 너머로 들려오는 소리는 없었다.

정적.

"아니냐?"

《큼. 사내새끼가 낯간지럽게.》

"아니냐?"

박현은 조완희의 말을 무시하고 재차 물었다.

《너는?》

"나?"

《그래.》

"나는 앞으로 그럴까 하고."

《뭐? 야!》

조완희는 기가 막힌 듯 되물었다가 이내 소리를 버럭 질렀다.

"너는?"

박현은 담담하게 다시 물었다.

《너 하는 거 봐서.》

"그래."

《…….》

"……?"

조완희가 갑자기 아무 말도 하지 않자 박현은 고개를 갸웃거리며 휴대폰을 귀에서 떼 화면을 잠시 바라보았다. 전화는 끊기지 않았다.

《야.》

"왜?"

《그게 다야?》

"뭐가?"

《반응이 그게 다냐고?》

"어."

《얼랄라? 진짜? 그게 다야? ……이게 아닌데.》

뒤로 주절주절 몇 마디 더 이어졌지만 박현은 신경도 쓰지 않고 자신이 할 말만 했다.

"언제 찾아가면 돼?"

《진짜 찾아뵐 거야?》

"내가 빈말하는 거 봤어?"

《……못 봤지.》

"약속 날짜나 잡아."

《알았다.》

"그럼 수고하고."

박현은 전화를 끊으며 미간을 찌푸렸다. 박현은 자신이 아닌 외부적인 요인에 좀처럼 결론이 나지 않는 이 상황이 마음에 들지 않았다.

"적으로 돌아서면 편한데."

박현은 휴대폰을 주머니에 넣으며 주변을 살폈다.

아직 출근 시간 전이라 그런지 길거리는 한산한 편이었다.

당장 이 시간에 약속이 잡힐 리는 없고, 호족 소족장 호효상과의 약속도 4일이나 남았다.

"일단 밥 먼저 먹을까?"

배도 출출했고, 근 한 달간 식사다운 식사를 하지 못한 터라 박현은 근처 기사식당으로 향했다.

*　　　*　　　*

빵빵—

소형 SUV 한 대가 박현 앞으로 다가와 섰다.

무당박수 조완희의 차였다.

식당에서 주문하고 잠시 기다리는데 조완희에게서 다시
전화가 왔다. 신비선녀는 애가 닳은 듯 괜찮으면 지금 시간
을 내어달라는 전언이었다.

"미안하다."

차에 타자마자 조완희가 인사 대신 사과했다.

"괜찮아. 내가 더 미안해질 거니까."

이어진 말에 조완희의 얼굴이 굳어졌다.

"재고의 여지는 없고."

"나를 몰라?"

"오래 보지 않았어도 알지."

조완희는 쓴웃음을 지으며 차를 출발했다.

"그들은 그들이라고 쳐도 거 누구야."

"한 경위?"

"좋은 이름 놔두고 한 경위가 뭐냐?"

"……."

"어쨌든. 그냥 죽게 놔둘 거야?"

조완희는 안쓰러운 눈빛을 잠시 띠었다.

"나는 로미오와 줄리엣이 될 생각이 없어."

"음."

"원수의 딸은 그냥 원수의 딸일 뿐이야."

"원수라."

조완희는 그 단어 하나에 상당히 많은 의미를 내포하고
있음을 느꼈다.

"새끼, 이러자고 친구네 어쩌네 그랬구만."

조완희는 박현을 흘겨보며 구시렁거렸다.

"아니."

"뭐가 아니야."

"너 아니면 애초에 만나지도 않았어."

"끙."

조완희는 신음을 삼켰다.

"하긴 니 성질머리에 또 어디 잠수나 탔겠지."

"알면 잘해."

박현의 당연하다는 듯한 행동에.

"얼랄라?"

조완희는 황당하다는 표정을 지었다.

"그게 말이야 방구야?"

"……."

"지금 누가 누구에게 잘해야 하는데."

"너."

"헐~. 지금 나 너랑 편먹었거든요."

"알아."

"아는 사람이 그래?"

조완희는 목소리 톤을 올려 소리쳤다.

"싫으면 가지 말까?"

박현은 심드렁하게 말했다.

그 말에 운전대를 잡은 조완희의 손이 부들부들 떨었다.

"이 모욕을 잊지 않겠다."

"차선 벗어났다. 운전 똑바로 해라."

박현은 의자를 뒤로 살짝 젖혔다.

빵—

그리고 경적 소리와 함께 차 한 대가 옆을 아슬아슬하게 스쳐 지나갔다.

끼익—

조완희는 핸들을 돌려 갓길에 차를 세웠다.

"내려."

"그래."

박현은 별다른 망설임 없이 안전벨트를 풀며 차문을 열었다.

"야! 그런다고 진짜 내리냐!"

그리고 조완희가 버럭 소리를 내질렀다.

*　　*　　*

신비사 신당에 박현과 신비선녀가 마주앉아 있었고, 조완희는 그 곁을 비켜 자리하고 있었다.

"찾으셨다고 들었습니다."

"휴우—, 꼭 이렇게까지 하여야겠습니까?"

신비선녀는 한숨을 내쉬며 입을 열었다.

"네."

어떤 여지도 없는 대답에 신비선녀는 눈을 감았다.

"불쌍한 아이입니다. 아무 잘못 없는 아이를 죽게 놔둘 수는 없지 않겠습니까?"

신비선녀는 간곡하게 청을 넣었다.

"제가 이 자리에 온 것은 이 상황을 확실하게 마무리하고 싶어서입니다."

"흠."

"저는 언제나 확실한 끝맺음을 좋아합니다."

"그래 보입니다."

"유일하게 끝맺음이 안 되는 게 지금이기도 하구요."

"……."

"그리고 유일하게 제 목숨을 노린 적을 살려둔 적도 처음입니다."

박현은 크게 숨을 들이마셨다.

"제 뜻을 확실히 아셨으리라 봅니다."

"그 마음을 모르는 바는 아니나 더 큰 피를 불러오게 될 겁니다."

신비선녀는 겨우겨우 한숨을 참았다.

"바라는 바입니다. 미지근함은 찜찜함을 남기니까요."

"한성그룹이 이 나라 재벌가 중에 가장 정도를 걷는다하여도 그들은 재벌입니다. 그들이 화를 내면 아무리 박현 님이라고 하여도……."

"괜찮습니다. 저 역시 한 자루의 비수쯤은 가지고 있습니다."

"하여도 일반적인 세상에서 살아가실 수 없으실 수도 있습니다."

"그리 된다면 한성그룹도 매한가지일 겁니다. 수백만의 직원과 그의 가족들의 눈물이 흐르겠죠."

이빨 자국 하나 남지 않을 정도로 단호했다.

"또한!"

잠시 침묵하며 고민하던 신비선녀가 단호하게 말했다.

"이 무녀가 온 힘을 다해 박현 님을 봉황회의 적으로 돌릴 것입니다."

그 말에 박현은 피식 웃음을 터트리며 팔짱을 꼈다.

"선전포고라 이해해도 되겠지요?"

"이 땅에서 사시기 힘드실 겁니다."

"제가 이번 기회에 양할아버지를 한 분 모셨습니다."

"……."

뜬금없는 말에 신비선녀는 고운 이마에 주름을 그렸다.

"성함이 해태시지요."

"……!"

"북쪽도 살기 나쁘지 않아 보이더군요."

신비선녀는 생각지도 못한 폭탄과도 같은 말에 눈썹이 파르르 떨렸다.

"선전포고로 알고 준비하고 있겠습니다. 그럼."

박현은 자리에서 일어났다.

"아! 조 박수를 이 전쟁에 끼워 넣지 않을 터이니 그건 너무 걱정하지 않으셔도 됩니다."

그러자 당황한 신비선녀가 다급히 자리에서 일어나 박현의 앞을 가로막았다.

"박현 님."

신비선녀는 무릎을 꿇으며 박현에게 애원했다.

"본 무녀가 실언을 했습니다. 그러니 용서를. 그리고 자비를 부탁드리옵니다."

박현은 그 모습에 조완희의 얼굴이 선명하게 그려졌다. 동시에 그의 모습이 궁금하기는 했지만 고개를 돌리지 않았다.

"그럼 실례하겠습니다."

박현은 그녀를 피해 문을 열고 대기실로 나갔다.

"백……."

박현은 그녀가 바짓가랑이를 잡고서라도 늘어질 것을 알기에 축지로 현관문까지 바로 이동한 후 문을 열고 나왔다.

'이제 기다리면 되는 건가?'

"훗."

박현은 입꼬리를 살짝 말아 올렸다.

끼익— 쿵.

이어 현관문이 열리고 조완희가 뒤따라 나왔다.

"가자."

조완희는 특별한 감정이 없는 어조로 투박하게 말하며 차로 향했다.

"도대체 뭘 꾸미는 거야?"

박현이 조수석에 타자 조완희가 대뜸 물었다.

"뭐가?"

"내가 너를 오래 보지는 않았지만 말이야."

"근데."

"내가 너를 모를까."

"……."

"냄새가 너무 구려."

조완희는 눈을 묘하게 뜨며 박현을 쳐다보았다.

"이 세상 모두가 나의 적이 된다면 너부터 죽여야겠다."

"왜? 법 없이도 잘 살아가는 이 선량한 나를 왜?"

조완희는 말을 하다 말고 쌍심지를 켰다.

"신어머니의 눈물도 모른 척하고 친구 따라 나온 나를 두고, 어찌 네가 그런 망발을 입에 담을 수가 있느냐!"

조완희는 장난처럼 박현의 멱살을 잡고 흔들려고 했지만 박현의 손에 간단하게 내쳐졌다.

"쳇!"

조완희는 혀를 차며 다시 운전석에 앉아 시동을 걸고 차를 몰았다.

"진짜 안 알려줄 거야?"

차가 대로로 접어들자 조완희가 진지한 목소리로 물었다.

박현은 고심하다 입을 열었다.

"나는 곧 죽어도 이상하지 않을 존재지."

"왜?"

"내 존재를 알면 위에서는 봉황이 나를 죽이려 들 테고, 밑에서는 용왕인가 뭔가가 또 나를 죽이려 할 테지."

"흠."

조완희는 묵직한 신음을 흘렸다.

"그래서?"

"뭐가 그래서야?"

"그러니까 그 꿍꿍이가 뭐냐고?"

"나도 살아야지."

"그거랑 이거랑 무슨……."

조완희는 말을 하다 말고 입을 닫았다.

"이해했어?"

"대충은."

박현의 물음에 조완희는 고개를 끄덕였다.

"그렇게 안 봤는데 음침한 구석이 있어."

"머리가 좋은 거야."

"퍽이나."

조완희는 콧방귀를 뀌었다.

"그냥 쉽게 가면 되지, 어렵게 갈 필요가 있어?"

"쉽게 가려고 이러는 거야."

"이게?"

조완희는 이해하지 못하겠다는 표정을 지었다.

"봉황회는 자세히 알지 못하지만 이 땅을 다스릴 만큼 거대한 조직이야. 거기에 맞서기 위해서는 덩치도 덩치지만 조직력이 중요해."

박현은 조용히 생각을 풀었다.

"그래서?"

"완벽한 하나의 조직. 그리고 상명하복(上命下服)."

"흠."

조완희는 그 말에 일리가 있다는 듯 고개를 끄덕였다.

"배에 사공이 많으면 산으로 가. 잡음도 많아지지."

"만약 그 계획이 틀어지면?"

"틀어지지 않아."

박현은 확신에 찬 목소리로 대답했다.

"그래도."

"거기까지가 내 한계인 거지. 봉황에 죽나 그들의 손에 죽나."

"근데, 진짜 일 틀어지면 북으로 갈 거야?"

조완희는 박현의 말이 떠올랐는지 물었다.

"살아남기 위해서는 뭔들 못 할까."

갈 수도 있다는 말.

"이거 이거, 참."

조완희는 쓴 입맛을 다셨다.

"나 달리기 시작하면 뒤는 안 봐. 안 떨어지려면 이제부터 정신 바짝 차려."

"내가 미쳤지. 범 아가리에 그냥 머리를 집어넣었네, 집어넣었어. 아주 날 잡솨 주세요, 도 아니고."

조완희는 얼굴을 일그러트렸다.

"하하."

그리고는 금세 언제 그랬냐는 듯 실실 웃으며 박현을 쳐다보았다.

"우리 절교할까?"

"앞으로 잘 부탁한다, 친구."

박현은 그런 조완희의 어깨를 툭 치며 히죽 웃었다.

              *   *   *

한재규 회장 저택 거실.

"미안하게 되었으이."

신비선녀가 미안함을 담아 이야기했다.

"아닙니다. 그래도 그의 뜻을 확고하게 알았으니 나쁘지 않은 결과인 듯합니다."

한재규 회장은 고개를 저었다.

"앞으로 어떻게 하실 생각이신가?"

"글쎄요. 조금 막막하긴 하군요."

"머리를 맞대다 보면 좋은 수가 나오지 않겠습니까?"

한재규의 답답함을 조금이라도 덜려는 듯 한석규가 말을 보탰다.

"남은 건 하나 아니겠습니까."

김월이 조용히 입을 뗐다.

"뭔가?"

"먹거나 혹은 먹히거나."

김월은 짧게 자신을 생각을 표현했다.

"흠."

"음."

한재규와 한석민의 입에서 묵직한 신음이 흘러나왔다.

"이거 참."

한재규 회장은 고개를 들어 천장을 올려다보며 푸념 섞인 한숨을 내쉬었다.

단단히 꼬여도 너무 단단히 꼬여버렸다.

"아무리 다시 생각해 봐도 서로 맞부딪히기에는 위험부담이 너무 커."

한재규 회장은 고개를 저었다.

"하지만 이대로 시간을 끌 수만은 없지 않습니까."

김월.

"이모님."

한재규 회장은 신비선녀를 불렀다.

"말씀하시게."

"이대로 흘러가면 설이는 어떻게 되는 건지요?"

"가문 문헌을 보면 길어야 5년일세."

"5년이라."

한재규 회장은 안도의 한숨을 내쉬었다. 며칠 전 한설린을 생각하면 길어야 몇 달이 아닐까 내심 노심초사했었기 때문이었다.

"하지만 주기적으로 고통을 받을 걸세."

"한 번이 아니었습니까?"

한재규 회장의 말에 신비선녀는 고개를 주억였다.

"한 번으로 끝날 거라 생각하셨는가?"

말라가는 꽃처럼 시름시름 앓을 거라 생각했는데, 끔찍한 고통을 주기적으로 겪어야 한다니 어느 정도 충격으로 다가간 모양이었다.

"지금은 두어 달에 한 번 정도일 걸세. 그리고 차츰 시일이 줄어들 테고."

"그냥 한번 부딪혀 보시지요."

한석민도 답답한 모양이었다.

"그가 바라는 상황이야."

"하지만, 그룹과 화랑문의 힘이라면 충분히 꺾을 수 있을 겁니다."

한석민은 신비선녀를 일견하며 말을 더했다.

"거기에 이모할머니께서도 손을 보태신다고 하니."

"그리 쉽게 생각할 게 아니다."

"……?"

"그 아이의 인적 보고서를 봤으면서도 그러나?"

"혈혈단신……."

"진짜 그 아이가 혈혈단신일까?"

"네?"

한석민은 눈을 동그랗게 떴다.

놀란 건 비단 한석민만이 아니었다.

김월도, 신비선녀도 놀란 듯 표정이 변했다.

"그 아이는 십 대 시절이 없어. 아니 정확히는 아무도 모르지. 그 아이 외에는."

"하지만 그 시절에 무얼 했다고 하기에는."

한석민도 그 기록을 떠올렸는지 반박했다.

"십 대가 없다. 하지만 이해할 수 없는 부를 쌓았다. 그

과정이 너무나도 자연스럽다. 마치 세상의 운이란 운은 혼자 가진 것처럼."

"조력자가 있다는 말씀이십니까?"

"근데 그걸 몰라. 이게 무슨 뜻인지 알겠느냐?"

한재규 회장은 한석민을 지그시 바라보았다.

"세상에 알려지지 않은 조력자가 있거나 그에 준하는 세력이 있다는 말씀이시군요."

한재규 회장은 고개를 끄덕였다.

"내가 걱정하는 게 그거야."

"뭐가 문제입니까. 양에서는 그룹이, 음에서는 화랑문과 이모님이 계십니다. 절대 지지 않습니다."

김월도 답답함을 더 이상 참지 못했다.

"마냥 시간만 보낼 수는 없습니다."

한석민의 말이 덧붙여졌다.

한재규 회장은 조용히 둘을 쳐다보았다.

어지간히도 자존심이 상한 모양이었다.

하긴 그럴 것이 둘 다 엘리트 중에 엘리트로 컸다. 그런 아이들이니 자존감은 결코 낮지 않을 터.

"이 애비도 마냥 시간만 보낼 생각은 아니다."

"아니면."

한석민이 재빨리 그의 말을 받았다.

"일단 뒷배경부터 확인해 봐야지."

"하, 한 서방."

신비선녀는 한재규 회장이 강경하게 나가려 하자 깜짝 놀라 그를 불렀다.

"대화로 풀 수 없음은 이모님도 아시지 않습니까?"

"그, 그래도."

"무리하지는 않을 겁니다. 어차피 한 가족이 될 사이이 니까요."

그 말이 틀린 것이 없었기에 신비선녀도 한재규 회장의 말에 뭐라 토를 달 수 없었다.

"어떻게 하실 생각이십니까?"

"일단 직장부터 눌러봐야지."

한재규 회장의 말에 한석민도 고개를 주억거렸다.

* * *

"음?"

벨소리에 휴대폰을 꺼냈는데 액정에 '유호동 과장'이 찍 혀 있었다. 두어 해 전이라면 몰라도 유호동 과장이 팀장에 서 과장으로 승진하고 나서는 직접적으로 대면할 일이 없 어 가끔 안부 통화 정도만 나눌 뿐이었다.

평소처럼 시답잖은 전화일 수 있겠지만 뭔가 느낌이 쌔했다.

"오랜만입니다."

《현아.》

역시나 유호동 과장의 목소리는 착 가라앉아 있었다.

"네. 듣고 있습니다."

《휴우—.》

수화기 너머로 깊은 한숨이 들려왔다.

《너 나 몰래 사고라도 친 거라도 있냐?》

"제가 그럴 놈 아니라는 거 누구보다 잘 아시지 않습니까?"

《그래. 내가 아는 너라면 분명 그렇지.》

"무슨 일인데 그러십니까?"

《너 전근 명령서가 내려왔어.》

"……!"

이 순간 박현도 놀란 듯 눈이 동그랗게 떠졌다가 이내 차갑게 식었다.

"어디로 났습니까."

《일산 치안 센터야.》

"……."

지구대도 아니고 치안 센터.

"하하하하하."

박현은 웃음이 터져 나왔다.

《혀, 현아.》

그 웃음을 들었는지 유호동 과장이 박현을 불렀다.

"듣고 있습니다."

《너 혹시…….》

"혹시 뭐요?"

《정신 회까닥 나간 건 아니지?》

"제가요?"

《너 정신 잡아. 서장실 쳐들어가서…….》

"그럴 일 없습니다."

《…….》

"요 몇 년 정신없이 뛰었는데 이 기회에 좀 쉬지요, 뭐."

《그래 잘 생각했어. 이 기회에 좀…… 뭐?》

유호동 과장은 그 말에 안도를 섞어 이야기하다가 되레 자기가 깜짝 놀랐다.

《너 진짜 어디 나사 풀린 거 아니지?》

이럴 놈이 아닌데 싶어 유호동 과장은 박현의 눈치를 살피며 조심스럽게 물었다.

진짜 박현이 꼭지가 돌았다면 문제가 적지 않았다.

단순히 한 명의 형사의 분노가 아니었다.

그를 거쳐 간 부사수 5명, 사수 1명 이렇게 6명의 경찰 엘리트들은 철저하게 그의 편이기 때문이었다. 그렇다면 그들의 압력이 경찰서를 뒤흔들 것이 분명했다.

만약 일이 그렇게 진행된다면 생각만 해도 오한이 들었다.

왜냐하면 그 중간에서 깨질 것은 바로 자신이기 때문이었다.

"그럴 일은 없습니다."

《야!》

"거참, 몇 번을 말씀을 드려야 믿겠습니까? 아님 진짜 꼭지 돌아요?"

《아, 아, 아…… 진짜 아니지?》

"네. 아닙니다."

《오늘은 그렇고 며칠 있다가 술이나 한잔하자.》

"네."

박현은 전화를 끊은 후 곧바로 다른 이에게 전화를 걸었다.

《네. 경기청 수사과장 안필현입니다.》

"오랜만입니다, 사수."

《현이냐?》

"네."

박현은 옛 추억을 떠올리며 희미한 미소를 지었다.

《요즘도 잘 나간다는 소리가 여기까지 들려온다.》

"어째 소식이 늦습니다."

《어?》

"하하하."

《승진했냐?》

"그리 보입니까?"

《웬일이냐. 그토록 승진 안 하고 버티던 놈이.》

경기 남부 지방 경찰청 수사과장 안필현 총경도 자기 일
처럼 기뻐했다.

《승진은 아니고 보직 변경되었습니다.》

담담한 목소리.

하지만 그 목소리에 뭔가 이상함을 느낀 안필현 총경은
목소리가 달라졌다.

《보직 변경?》

"네."

《어디로?》

"몇 년 빡시게 굴렀다고 좀 쉬라고 일산 치안 센터로 발
령 났습니다."

《진짜냐?》

"네."

《비공식 전국구 탑1 형사가?》

"네."

안필현 총경은 바로 말을 잇지 않았기에 잠시 침묵이 돌았다.

《뭘 원하는 거냐?》

"대충 어느 선에서 내려온 건지만 알아봐주십시오."

《외압이냐?》

"그럴 겁니다."

《짐작 가는 바는 있고? 아니지, 너라면 대충 누군지 알겠구나.》

"뭐 예상하시는 바대로. 그렇다고 무리하실 필요는 없습니다."

《새끼. 인마, 너는 내가 키웠어.》

"네~ 네~ 아주 잘 알고 있습니다요."

《넉살도 여전하네.》

"제가 어디 가겠습니까?"

《알았다. 내 알아보마.》

"고맙습니다."

《시끄랏. 넌 인마, 내 영원한 부사수야. 끊는다.》

안필현 총경은 인사말도 듣지 않고 전화를 끊었다.

잠시 훈훈한 미소를 짓던 박현은 다시 표정을 지우며 다른 누군가에 다시 전화를 걸었다.

《예.》

묵직한 목소리의 주인은 일청파 두목 양두희였다.

"오늘 저녁 두철이와 함께 시간을 좀 내야겠어."

《어디로 뫼실까요?》

"양 마담 룸에서 보지."

《준비해 놓으라 전해 놓겠습니다.》

"그래."

박현은 전화를 끊었다.

'어디 한번 해 보자 이거지?'

박현은 시퍼런 눈을 감추며 차가운 웃음을 드러냈다.

12장

"찾으셨습니까?"

양두희와 강두철이 룸으로 들어와 허리를 숙였다.

"어서 와."

둘은 박현의 맞은편에 자리를 잡고 앉았다.

"표정이 좋지 않으십니다."

양두희가 박현의 군은 표정을 보며 말했다.

"혹시……."

하지만 강두철은 다르게 본 모양이었다.

그는 박현의 입가에 희미한 미소를 보았기 때문이었다.

그리고 강두철은 그 미소의 의미를 기억 저편에서 끄집어

떠올릴 수가 있었다.

싸움, 저 눈빛과 미소는 싸움을 앞둔 표정이었다.

강두철은 양두희와 달리 항상 일선에서 박현을 보조했기에 알아차릴 수 있었던 것이었다.

"눈치챘어?"

"네."

박현의 질문에 강두철이 대답하자 양두희만 의미를 알 수 없어 고개를 갸웃거렸다.

"누굽니까?"

강두철이 물었다.

"한성그룹."

박현의 말에 강두철이 입을 쩍 벌렸다.

"설마."

둘의 대화를 듣던 양두희가 이내 대화의 요지를 파악하고는 눈을 부릅떴다.

"제 귀가 틀리지 않았다면 한성그룹 맞습니까?"

강두철이 심각한 얼굴로 다시 물었다.

"맞아."

박현은 고개를 끄덕이며 대답했다.

"흠."

강두철은 무거운 신음을 흘렸다.

"어느 정도까지 생각하시는지요?"

"왜, 걱정돼?"

박현이 피식 웃으며 물었다.

"걱정되지 않는다면 거짓이겠지요. 하지만."

강두철은 박현의 눈을 직시했다.

"걱정은 없습니다. 암호 님은 언제나 이기는 싸움만 하시지 않습니까."

그 말에 박현은 피식 웃음을 삼켰다.

"지금까지도 그래 왔던 것처럼 이기리라 믿어 의심치 않습니다. 안 그렇습니까?"

박현을 향한 강두철의 믿음은 확고했다. 그 말에 박현은 고개를 끄덕이며 양두희를 쳐다보았다.

"동생이 제가 할 말을 다 했군요. 저희가 무엇을 하면 되겠습니까?"

가장 어려울 때 생사고락을 함께한 둘이었다.

믿고 등을 맡길 수 있었던 이들이었고, 그러함은 시간이 흘렀지만 여전했다. 그렇기에 그들을 바라보는 박현의 눈빛은 강한 믿음으로 가득 차 있었다.

"일단 가볍게 두들겨 보자고."

박현은 입꼬리를 슬쩍 말아 올렸다.

*　　*　　*

"끄응."

한재규 회장은 보고서 한 장에 앓는 소리를 삼켜야 했다.

전국 한성그룹 전자 매장에서 일인 시위와 거친 항의가 동시다발적으로 이뤄진 것이었다. 더욱이 법의 테두리 안에서 교묘하게 영업을 방해했고, 그 방법은 상당히 폭력적이었다.

"피해 규모는?"

"대부분의 매장에서 영업이 이뤄지지 않고 있습니다."

"경찰에 협조 요청했나?"

"경찰도 그렇고, 법무팀도 상당히 애매해서 함부로 손을 데기가 어렵답니다."

"경찰이?"

"교육을 받았는지 하나같이 상황에 맞는 법을 줄줄 꿰고 있고, 멀리서 동영상을 녹화하는 이들이 있어 난감을 표했습니다."

이규원 비서실장의 보고에 한재규 회장은 고개를 절레절레 저었다.

"그들의 접점은 알아봤나?"

"대부분 일견 평범한 직장인들처럼 보이지만."

"보이지만?"

"평범한 시민이라 보기에 어렵다는 판단입니다."

"정확히."

"자의든 타의든 한두 다리 정도만 거치면 조직폭력배와 연관되어 있습니다."

"조직폭력배라."

한재규 회장은 미간을 찌푸리며 한석민을 쳐다보았다.

"어떻게 생각하느냐?"

"만약 그게 사실이라면 박현이 조폭을 움직였고, 그렇다면 전국구로 통하는 어떤 이와 연관이 있어 보입니다."

"그래서?"

"그를 겪어 봤을 때 누군가의 밑에 있을 성격도 아니고."

한석민은 코끝을 찡그렸다.

"그럼 후원은 아니다?"

"하지만 그 나이에 전국구 조폭을 휘하에 두었다고 생각하기에도……."

한석민은 자신이 말하면서도 어이가 없어 멋쩍은 웃음으로 말끝을 얼버무렸다. 하지만 말도 안 되는 생각임에도 내심 박현이 어두운 뒷골목에 상당한 영향력이 있지 않을까 강한 의심이 들었다.

그게 어떤 친분이든 간에 말이다.

"장인어른."

김월이 잠시 고민하다가 한재규 회장을 불렀다.

"그래."

"일단 두들겨 보면 답이 나오지 않겠습니까?"

김월은 호전적인 자세를 드러냈다.

"어떻게?"

"조용하지만 조용하지 않게 처리하겠습니다."

"……."

"우리가 대응한다면 어떤 방식으로든 반응이 있을 겁니다."

이어진 말에 한재규 회장은 고개를 끄덕이며 한석민를 쳐다보았다.

"무엇이든 간에 영업 손실은 막아야 하니 지금으로서는 최선으로 보입니다."

한재규 회장은 한석민의 대답을 들으며 이규원 비서실장의 의견을 구했다.

"손실도 손실이지만 장기화된다면 그룹 이미지에도 큰 타격을 입을 겁니다."

이규원 비서실장의 의견도 다르지 않았다.

"일단 급한 불을 끄며 불섶 안에 무엇이 있는지 확인해 봐야겠군. 김 서방."

"예, 장인어른."

"확실한 것도 좋지만 상황을 더 악화시키지는 않게 조절을 해."

"알겠습니다."

김월이 고개를 숙이며 대답했다.

*　　　*　　　*

평범한 중소기업 회사원이었던 김 과장은 휴가를 내고 인천 한성전자 매장 앞에서 커다란 판을 목에 걸고 일인 시위를 하고 있었다.

판은 손글씨로 억울함을 구구절절 적은 호소문이었다.

그가 이렇게 서 있는 이유는 도박 빚 때문이었다.

우연찮게 지인을 따라 접한 고스톱에 집안 살림 거덜 나는 것도 모르고 도박에 미쳤었다. 그리고 아차 정신을 차린 순간 도박 빚은 감당할 수 없을 만큼 불어나 있었다.

사채업자를 상대로 법정 이자니 뭐니 법과 정의는 아무 소용없었다.

그렇게 모든 것을 빼앗기고 거리로 내쫓길 판이었다.

때와 시간을 가리지 않고 사채업자들이 찾아오니 단란한 가정도 풍지박살 났다.

아내는 진절머리를 내며 아이들과 친정으로 간 지 오래

였다.

며칠 전 그런 아내에게서 전화가 왔다.

사채업자가 친정까지 찾아왔다며 울고불고 난리를 쳤다. 이제는 아이들도 집 밖으로 나가기 무서워한다고 했다.

그 소식에 머리가 백지장처럼 새하얗게 변했다.

가족만큼은 지켜야겠다는 생각에 앞뒤 사정 가리지 않고 사채업자를 찾아가 살려달라고 울고불고 매달렸다.

그때 사채를 빌려준 업자가 은밀한 제안을 했다.

부탁 하나만 들어주면 이자를 모두 감면해 주는 것은 물론 원금 상환도 유예 기간을 주겠다는 것이었다.

이것저것 가릴 처지가 아니기에 그리하겠다고 하였고, 무엇을 해야 하며 상황에 따라 어떻게 대처해야 할지 하룻밤을 꼬박 철저하게 교육을 받았다. 그러는 사이 사채업자는 그의 스마트폰을 가져갔다가 두어 시간 후에 돌려줬다.

다음 날, 회사에서 업무 도중 바지에 넣어둔 스마트폰에서 불이 났고, 가볍지 않은 화상을 입었다.

김 과장은 기다렸다는 듯이 일인시위에 나섰다.

와장창창!

무언가 깨지는 소리와 함께 고래고래 큰 소리가 터져 나왔다. 그 소리에 매장에 들어가려던 몇몇이 움찔거리며 발걸음을 돌렸다.

'하아—.'

한숨이 절로 나오는 것을 겨우겨우 참으며 매장 안을 힐끔 쳐다보았다.

모르긴 몰라도 저 안에서 난리를 펴는 이들도 이번 일과 무관하지 않을 터라 생각이 들었지만 눈과 귀를 꽉 닫았다.

"김 과장님?"

낯선 목소리에 김 과장은 고개를 들어 옆을 쳐다보았다. 정장 차림의 두 명의 사내가 다가왔다.

"누구신지."

긴장감에 그의 목소리는 살짝 떨렸다.

"한성전자에서 나왔습니다. 어디 조용한 곳에서 이야기를 나눌 수 있겠습니까?"

좀 더 나이가 들어 보이는 사내는 정중하기 이를 데 없었지만 절로 주눅이 들게 만들 정도로 위압감이 엄청났다.

'명심하쇼. 우리가 이야기할 때까지 최대한 시끄럽게, 최대한 길게 이 상황을 이끌어 가야 합니다.'

'진상이 돼라 이 말씀이십니까?'

'진상? 하하하하하. 진상이라면 진상이지. 잘하쇼. 그래야 당신도 살고 당신 가족도 사니까.'

마지막으로 그들이 했던 협박을 떠올리자 김 과장의 눈에 독기가 담겼다.

"지금 내가 진……, 읍!"

목에 핏대를 세워 소리치려는 순간 사내가 목 언저리를 툭 쳤다. 그러자 갑자기 목이 턱 막혔다. 있는 힘껏 소리를 질러 봤지만 더 이상 소리가 나오지 않았다.

그게 끝이 아니었다.

사내가 다가와 어깨동무를 하며 가슴 부분을 가볍게 툭 치자 마치 술에 취한 것처럼 온몸에 힘이 쭉 빠졌다.

두 사내는 조용히 김 과장을 데리고 사라졌다.

그리고 이러한 사정은 한성전자 매장 곳곳에서 동시다발적으로 일어났다.

*   *   *

"한 명도 빠짐없이 뭐에 홀린 듯 하나같이 합의서에 도장을 찍었다고 합니다."

양두희의 보고에 박현은 턱을 쓰다듬었다.

"다들 왜 자신들이 그랬는지 이해하지 못하는 상황입니다."

"하지만 일은 마무리되었겠지. 특이점은 없나?"

"신빙성은 떨어지지만 뭔가 의심될 만한 말들은 있습니다."

"뭐지?"

"다들 기억이 온전하지 않아 횡설수설하지만 공통점이 있었습니다. 소리를 지르려는 이들은 갑자기 소리가 나오지 않았다고 하고, 힘 꽤나 쓰는 이들은 갑자기 뭐에 홀린 듯 힘 한 번 쓰지 못하고 끌려갔다고 합니다."

양두희의 말에 박현은 고개를 끄덕였다.

'화랑문.'

박현은 김월을 떠올렸다.

그들만의 특별한 수가 있을 것이다.

"어떤 수를 썼는지 몰라도 더 이상 진행은 무리입니다."

양두희의 말에 박현은 팔짱을 끼며 고심에 빠졌다.

"강단 있는 녀석들로 하여금 트럭이든 뭐든 간에 차로 한성전자 매장을 들이박아."

"네?"

조용히 함께 자리하고 있던 강두철이 놀라 반문을 터트렸다. 일인시위라든가 매장 내에서의 소란과는 전혀 다른 문제였다.

"다른 조직이 쉽사리 응할까 싶습니다."

"어중간한 곳은 제외하고, 믿을 만한 곳에만 그리하라

전해. 내 이름으로 정중하게 청한다고 하고, 수고비도 넉넉
히 챙겨 줘. 뒷말 나오지 않게."

"그럼 부산의 칠성과 광주 서방, 충북 파라다이스에게만
도움을 청하겠습니다."

"내가 그들을 잊고 있었군. 그 셋이라면 믿을 만하지."

"지금이라도 암호님 한 마디면 눈썹을 휘날리며 달려올
겁니다."

"그 치들도 여전한 모양이군."

"어디 쉽게 달라질 위인들도 아니고……."

양두희가 눈웃음을 그렸다.

"암호 님께 받은 은혜와 무서움을 누구보다 잘 아는 이
들 아닙니까?"

양두희는 씨익 웃음을 지었다.

"그리고 경기도와 서울은 저희가 맡기면 어느 정도 전국
을 커버할 수 있을 겁니다."

양두희의 말에 박현은 고개를 끄덕였다.

"자잘한 곳은 제외하고, 대도시만 집중해. 그러면 수는
작아도 제법 매서운 한 방이 될 테니까."

"그 부분은 형님, 아우들과 잘 상의해 보겠습니다."

양두희는 세 조직의 두목을 거론하며 자리에서 일어났다.

이튿날.

제주를 제외한 서울, 인천, 대전, 대구 등 주요 광역시에
자리한 한성전자 매장을 다양한 차들이 덮쳤다.

*　　　*　　　*

쾅!

한재규 회장은 달아오른 얼굴로 책상을 내려치며 자리에
서 벌떡 일어났다.

"뭐라고?"

"전국 광역시 매장으로 차들이 돌진을."

"어디어디야?"

"서울 압구정과 서초, 인천, 대전, 대구, 부산, 울산, 광
주입니다."

"이익!"

한재규 회장은 주먹을 말아 쥐며 자리에 앉았다.

"현재 상황은?"

"일단 매장들을 폐쇄하고, 리모델링 공고를 걸고 가림막
을 쳐놓았습니다. 그리고 목격자들을 파악해 현재 입단속
에 들어갔습니다."

"잘했네. 수고했어."

한재규 회장은 안도의 한숨을 내쉬었다.

"죄송합니다, 장인어른."

김월이 잔뜩 굳은 얼굴로 사과했다.

"자네 잘못이 아니야."

엄밀히 말해 그의 잘못이 아니었다.

"내가 그를 잘못 판단해서 벌어진 일이야."

뒷말이 나오지 않을 정도로 월화랑 낭도들은 생각 이상으로 일 처리가 말끔했다.

"아버지뿐만 아니라 모두의 판단이 잘못되었습니다."

한석민이었다.

"그래. 나도 너도, 김 서방도 그를 잘못 생각하고 있었는지도 모르겠군."

한재규 회장은 그 말에 고개를 주억였다.

"결코 가벼이 그를 상대하면 안 될 거 같습니다. 지금처럼 간을 보려다가는 크게 당할 것 같습니다."

이번 일로 한석민은 박현에 대한 평가를 다시 했다.

"어떻게 하면 좋겠나?"

고심하다 한석민이 다시 입을 열었다.

"차라리 직접적으로 부딪히는 것은 어떻겠습니까?"

"직접?"

"간접적으로 싸우기엔 우리가 너무 불리하다 여겨집니다."

"흠."

"우리는 훤히 드러나 있고, 그의 힘은 철저하게 숨겨져 있습니다. 또한 우리는 잃을 것이 많지만 그는 상대적으로 적습니다."

"그래서?"

"새롭게 판을 짜야 한다 여겨집니다."

"그래서 직접 힘을 겨루자?"

"예. 제아무리 천외천의 피를 타고났다 하여도 현재 천외천은 아닙니다. 더불어 온전한 힘도 깨우지 못했습니다. 지금이라면 충분히 승산 있다 여겨집니다."

"김 서방은 어찌 생각하나?"

한재규 회장은 미간을 좁히며 김월을 쳐다보았다.

"저도 그게 좋다 여겨집니다. 그리고 이길 자신도 있습니다."

김월이 자신을 드러냈다.

"만약에 말이다."

"예."

"네."

"그가 흔쾌히 응한다 해도 문제일 것 같다는 생각이 드는구나."

한재규 회장의 말에 김월의 표정이 굳어졌다.

"지금까지 그의 행동을 보면 결코 박 경위는 만만한 이가 아니야. 과감하면서도 머리가 비상해."

그 말에 한석민과 김월은 고개를 끄덕였다.

"싱겁게 끝났다고는 하지만 박 경위는 김 서방과 한 번붙었다. 그리고 무문의 조 박수와도 상당한 친분이 있지. 즉, 직간접적으로 김 서방의 힘을 파악했을 것이다. 그런데 우리와 붙는다?"

한재규 회장의 반문에 김월의 미간에 주름이 깊게 파였다.

"외통수로군요."

한석민의 중얼거림처럼 이러지도 저러지도 못하는 상황이었다.

"정보4팀이 도움을 주면 충분하지 않을까요?"

고민 끝에 나온 수.

뭔가 이거다 싶게 만족스럽지는 않지만 그들이 내세울수 있는 모든 것이었다.

"정보4팀이라."

"불안하다면 정보4팀의 도움도 받겠습니다."

김월이 자존심을 잠시 꺾었다.

"월화랑에 정보4팀이라."

그럼에도 한재규 회장은 선뜻 결정을 내리지 못했다.

"아버지."

한석민은 갑자기 '아!' 하는 표정과 함께 한재규 회장을 불렀다.

"뭔가 좋은 방법이라도 떠오른 것이냐?"

한재규 회장의 말에 한석민은 고개를 저었다. 하지만 그의 표정은 훨씬 부드럽게 변해있었다.

"우리가 간과한 것이 있습니다."

"간과?"

한재규 회장이 의문을 드러냈다.

"우리가 왜 그와 싸우려 했습니까?"

"……!"

"이 싸움의 목적은 우리가 한 가족이 되기 위함입니다."

한석민의 말에 한재규 회장은 허망한 표정을 지어졌다.

"다만 우리가 그를 품을 것인지, 그가 우리를 품을 것인지 자존심 때문에 벌어진 것입니다. 우리에게 박 경위가 필요한 것처럼 박 경위도 우리의 힘이 필요합니다. 그러니까 의도적으로 싸움을 걸어오게 만들었다 싶습니다."

한재규 회장과 김월은 그의 설명에 고개를 끄덕일 수밖에 없었다.

"물론 싸움에 진다면 속이 쓰리고 아프겠지만 결과는 달라지지 않습니다. 하나가 되어 더 큰 것을 함께 바라보는 것이지요."

한석민은 한재규 회장과 김월을 지그시 바라보며 말을
덧붙였다.

"순수하게 힘 대 힘. 누가 이기든 지든 승복할 수 있는
싸움이 현재 가장 최선이라 여겨집니다."

한재규 회장은 고개를 돌려 김월을 쳐다보았다.

"김 서방은 어찌 생각하나?"

"숲을 생각하고 움직였는데 막상 나무만 본 느낌입니다.
부끄럽습니다."

김월은 쓴웃음을 지었다.

"김 서방."

"예, 장인어른."

"이제 자네도 한 문을 이끌어가야 할 위치야."

"……"

"좀 더 시야를 넓게 가져가야 할 필요가 있어."

"깊이 새기겠습니다."

한재규 회장은 담담한 미소를 지으며 한석민을 쳐다보았
다.

"슬슬 이 자리가 부족하지 않아 보이는구나."

한재규 회장은 자신이 앉아 있는 의자를 툭툭 쳤다.

"그래 네 말이 맞다. 나도 그만 잊고 있었다. 그래도!"

한재규 회장이 소리를 살짝 높였다.

"가족이 될 때 되더라도 부딪힐 때는 힘껏 부딪히고, 부딪혔다면 이겨야겠지?"

한재규 회장은 김월을 쳐다보며 말했다.

"반드시 그를 끌어안겠습니다."

이기겠다는 말.

"어차피 너희들이 맞이할 세상이다. 둘이 힘껏 후회 없이 해봐!"

"예, 아버지."

"예, 장인어른."

둘은 동시에 허리를 숙였다.

*   *   *

"이거 참."

박현은 전화를 끊으며 피식 웃음을 터트렸다.

"제대로 한 방 먹었는데."

"무슨 전화신데 그러십니까?"

마주 앉아 있던 양두희가 물었다.

"전쟁 끝이다."

"네?"

"한성그룹 전무야. 차기 회장."

박현의 대답에 양두희의 표정이 환하게 펴졌다. 하지만 강두철은 뭔가 이상하듯 고개를 갸웃거렸다. 그들이 생각하지도 못한 강한 펀치를 한 번 휘둘렀다고는 하지만 솔직히 싸움다운 싸움은 없었다.

"왜?"

"이 싸움에서 우리만 빠진 게 아닌가 싶습니다."

"맞아."

박현은 고개를 끄덕이며 자리에서 일어났다.

"뭘 생각하는지 알아. 하지만 아쉽지만 지금부터는 너희가 낄 판이 아니야."

"……."

"말만이 아니고 정말 잘해 줬어."

박현의 말에도 강두철의 표정은 그다지 좋지 않았다.

"필요하다면 언제든지 연락 주십시오."

하지만 강두철은 박현의 성격을 알기에 이내 표정을 풀었다.

"내 변덕 맞춘다고 수고했어."

"좋은 소식 기다리겠습니다."

박현은 슬쩍 손을 들어 보이며 룸을 빠져 나갔다.

"앞뒤 재지 말고 시원하게 결판을 내는 건 어때?
장소는 메시지로 보내주지. 날짜와 시간만 정해서
알려."

한석민과의 통화가 떠올랐다.
'김월이 월화랑이라고 했던가?'
굳이 거론하지 않았어도 그들이 나올 것이다.
'거기에 정보4팀도 있고.'
팀 산결과 함께 습격했던 정보4팀을 떠올렸다.
'그 정도면 나를 확실하게 잡을 수 있겠다 여겼겠군.'
그리고 그들이 가진 모든 힘이었다.
그날의 자신이라면 확실하다 못해 넘치는 전력이기는 하
다.
하지만 지금은 다르다.
내일.
한 달의 약속.
내일이면 호효상과 관계가 다시 정립된다.
'호족.'
호족이 변수다.
그들을 잡으면 이 싸움은 완벽하게 이길 수 있다.
'잡는다!'

박현은 차에 올라타 박수무당 조완희의 신당으로 향했다.

*   *   *

이런 날도 다 있구나 싶을 정도로 별왕당은 조용했다.

원래 신당이라는 게 산사처럼 고요한 것이 정상이기는 했지만.

조완희는 신당에서 몸주, 대별왕에게 치성을 올리고 있었기에 눈인사를 나눈 후 지하 연무실로 내려갔다.

연무실 중앙.

호효상이 가부좌를 튼 채 명상에 잠겨 있었다.

살이 상당히 빠졌는지 얼굴이 핼쑥해져 있었다.

하지만 풍겨오는 느낌도 달라져 있었다.

뭔가 무뎌진 칼날을 숫돌에 잘 갈아낸 듯한 느낌이라고나 할까?

그에게서 날카로움이 느껴졌다.

박현의 인기척을 느낀 호효상이 조용히 눈을 떴다.

강렬하지만 짙게 가라앉은 눈빛이 박현을 맞이했다.

"오셨습니까?"

"이거 긴장해야겠는데."

깊게 가라앉은 눈빛 안에 활활 타오르는 투기를 느낀 박현은 씨익 웃음을 드러냈다.

"그러셔야 할 겁니다."

호효상은 자리에서 일어나 박현과 높이를 맞췄다.

"별다른 말은 필요 없겠지?"

박현의 물음에 호효상은 고개를 끄덕였다.

"그리고 긴장해. 나도 전의 내가 아니니까."

박현은 몸을 살짝 웅크렸다가 진체를 드러내며 포효했다.

"크하아아아앙!"

"크허어어엉!"

그에 맞춰 호효상도 진체, 황호를 드러내며 울음을 터트렸다.

〈다음 권에 계속〉